Mystères
et vieux matous

COLLECTION
PAPILLON

COLLECTION PAPILLON
OUVRAGES PARUS DANS CETTE COLLECTION

Mystères

et vieux matous

roman

Danièle Desrosiers

ÉDITIONS PIERRE TISSEYRE
8925, boulevard Saint-Laurent — Montréal, H2N 1M5

Données de catalogage avant publication (Canada)

Desautels, Danièle D. (Danièle Desrosiers)

Mystères et vieux matous

(Collection Papillon; 17).
Pour enfants.

ISBN 2-89051-455-2

I. Thisdale, François. II. Titre. III. Collection : Collection Papillon (Éditions P. Tisseyre) ; 17..

PS857.E726M97 1991
PS957.E726M97 1991   jC843'.54   C91-096721-0
PZ23.D47My 1991

Dépôt légal : 3ᵉ trimestre 1991
Bibliothèque nationale du Canada
Bibliothèque nationale du Québec

Maquette de la couverture :
Le Groupe Flexidée

Illustration de la couverture
et illustrations intérieures :
François Thisdale

Révision : Marie-Hélène Gauthier

À ma fille, Marie-Hélène Desautels, à son amour d'enfance, Philippe F., et à toutes les petites «Vivi» du monde, en souhaitant que leur histoire se termine aussi bien que celle-ci.

1

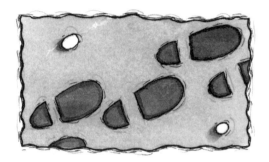

La filature

Ça y est! Philippe et moi avons décidé de fonder notre propre agence de détectives. Première mission, et la plus difficile: trouver un local gratuit et pas trop moche. Le vieux M. Côté a consenti à nous prêter son hangar, contre la promesse de notre part de faire un peu de ménage chez lui chaque semaine. Il a mal aux jambes et ne se déplace pas facilement. D'habitude, ce sont ses locataires d'en haut, les Ferland, qui lui donnent un coup de main, mais ils sont en Gaspésie pour l'été.

Philippe a tout de suite offert à M. Côté de tondre sa pelouse, de sortir ses poubelles, de repeindre sa galerie. Évidemment, j'ai écopé le plus pénible: faire la vaisselle et les courses, ranger l'appartement. Un travail de fille, supposément, et ça m'enrage parce que c'est vraiment démodé de penser comme ça. Il y a des limites! J'ai chialé, j'ai rouspété et j'ai fini par obtenir un compromis. Nous nous partagerons les tâches, Philippe et moi. Non mais, l'égalité, ce n'est pas pour les chiens! Et puis, foi de Marie-Hélène Bousquet — M.-H. pour les intimes —, je suis aussi compétente que Philippe pour les gros travaux. Je le dépasse d'une bonne tête et je suis forte comme un cheval.

On est amis depuis douze ans, Phil et moi. Nos mères ont fait connaissance en nous donnant le biberon sur la galerie mitoyenne. Ici, à Montréal, on n'est pas long à se lier d'amitié avec ses voisins. Tout le monde se parle et s'entraide. En tout cas, c'est comme ça que ça se passe dans mon quartier.

À l'âge de cinq ans, j'ai pleuré pendant une semaine quand mon copain a déménagé. Tu parles, il allait seulement au coin de la rue... Autant dire le bout du monde! Je me souviens encore de l'avoir aidé à transporter ses jouets et ses chats dans ma petite voiture verte.

Plus tard, nous avons eu la rougeole en même temps. Quand Phil s'est cassé le bras en tombant de sa nouvelle bicy-clette, je n'ai pas hésité une minute avant de sauter du haut d'une clôture. Résultat: un plâtre pour moi aussi, mais à la jambe.

Quand j'étais punie, Phil l'était aussi. Pas étonnant, nous faisions nos mau-vais coups ensemble! Alors, nous deux, c'est à la vie et à la mort, comme on dit. Rien ne pourra nous séparer. Ce n'est pas de l'amour, non, ça n'a rien à voir avec ça. Mélanie Moisan, ma meilleure ennemie, a un vrai amoureux, elle. Il faut la voir se promener avec lui, la main dans la main. Beurk! Je ne l'envie pas une miette. Je préfère grimper aux arbres avec Phil, plutôt que de minauder comme la Mélanie avec son Charles. Nous avons décidé de devenir associés; comme ça, on pourra travailler ensemble tout le temps, même si on se marie chacun de son côté (je n'ai personne en vue pour le moment, et Philippe non plus).

C'est un peu par hasard que nous est venue l'idée d'ouvrir une agence de détectives. On se demandait quoi faire de notre été. Nos parents n'ont pas les moyens de nous payer de colonie de vacances et on est trop jeunes pour trouver un véritable emploi d'été. Je garde des enfants à l'occasion et Phil fait quelques petits travaux pour les voisins, mais ce n'est pas suffisant pour occuper nos journées. Il fallait trouver une façon agréable de passer le temps.

Un jour qu'on réfléchissait à la question, assis sur les marches de l'escalier extérieur, on a remarqué un bonhomme à l'allure louche, qui ne cessait pas de passer et de repasser devant mon immeuble. Il prenait des notes dans une espèce de calepin, avec un petit bout de crayon. Je lui trouvais l'air rusé et sournois.

— Il est bizarre, non? ai-je fait remarquer à Philippe.

— Peut-être qu'il cherche une adresse, m'a répondu mon copain en lançant un caillou de l'autre côté de la rue.

C'est notre manie, ces temps-ci. Nous faisons des concours de tir de cailloux. J'ai pris le temps de lui prouver ma supériorité — je lance très bien — avant de poursuivre:

— Moi, il m'intrigue. S'il cherche une adresse, alors pourquoi est-ce qu'il se tient toujours devant MON immeuble? Non, j'ai l'impression qu'il surveille l'endroit.

— Tu veux le filer? a proposé Phil, sans grand enthousiasme.

J'ai bondi sur l'occasion et sur mes pieds en même temps. Il n'était que deux heures de l'après-midi. La voisine d'en haut m'avait demandé de garder son bébé à quatre heures; j'avais donc amplement le temps d'entreprendre une filature. Et puis je commençais à m'ennuyer. Nous n'étions en vacances que depuis huit jours, mais c'est long quand on n'a rien d'intéressant à faire!

On a attendu dix bonnes minutes avant que l'inconnu ne se décide à partir. Il marchait la tête basse, les mains dans les poches, tellement préoccupé qu'il a failli foncer dans une borne-fontaine. Philippe et moi, on s'est mis à marcher derrière lui, l'air innocent. Mon cœur battait jusque dans mes tempes. C'était la première fois que je filais quelqu'un et j'imaginais le pire. Si ce type-là était un bandit de la pire espèce? À mes côtés, Philippe sifflotait comme si tout ça lui était complètement indifférent.

Il ne montre pas beaucoup ses sentiments, mon copain. Tout le contraire de moi! Quand j'ai de la peine, je pleure un bon coup. Si je suis en colère, tout le voisinage le sait! Philippe, lui, reste impassible tout le temps et ça me choque parfois. J'aimerais bien le faire sortir de ses gonds, l'énerver, rien que pour voir. J'ai souvent essayé, mais je n'y suis jamais arrivée!

Ce jour-là, on aurait dit qu'il se baladait avec moi uniquement pour passer le temps. C'était un peu ça, mais quand

même... Il s'arrêtait tous les dix pas en faisant mine de rattacher un lacet ou de consulter sa montre. L'inconnu a fini par nous distancer de deux bons pâtés de maisons.

— Vite! ai-je dit à Phil en lui serrant le bras.

Je crois même que je lui ai enfoncé dans la peau mon seul ongle non rongé (celui-là, je le garde intact, au cas où...). Il n'a pas bronché. C'est bien son genre!

— Calme-toi, m'a-t-il répondu en levant les yeux au ciel. Tu ne voudrais pas attirer son attention...

Non, mais je ne souhaitais pas le perdre de vue non plus! Pour une fois qu'on sortait un peu de notre routine. De coin de rue en coin de rue, on a marché comme ça pendant un bon moment. À deux heures vingt-deux exactement, notre homme s'est engouffré dans une pâtisserie.

Phil et moi, on l'a attendu sur le trottoir, un peu plus loin. J'avais mal aux pieds comme ce n'est pas possible dans mes sandales trop petites. Ce n'est pas ma faute si je grandis vite! Je me suis assise par terre et Philippe m'a prêté son mouchoir pour me faire un pansement à un orteil droit: il était tout enflé. Je devais avoir le pied droit plus gros que l'autre, parce que mes sandales sont évidemment de la même pointure et que le même orteil gauche était en parfait état. Je ne pouvais plus remettre ma chaussure à cause du mouchoir et j'ai décidé de rester pieds nus. Heureusement que j'ai la plante des pieds coriace, parce que le trottoir était brûlant.

Notre inconnu ne ressortait pas. J'ai tout de suite pensé qu'il se doutait de quelque chose et qu'il avait décidé de s'éclipser par la ruelle à l'arrière de la pâtisserie. Je l'ai dit à Philippe. Ça n'a pas eu l'air de l'impressionner. Il a haussé les épaules en disant:

— On va manger de la crème glacée?

— Moutarde! ai-je répondu (c'est mon patois préféré), tu n'as aucun sens de l'aventure.

C'est alors que Phil m'a vraiment épatée. Il est beaucoup plus perspicace que je ne l'imaginais!

— Il y a un comptoir de crème glacée à l'intérieur de la pâtisserie; tu vois ce que je veux dire?

Je l'aurais embrassé! Enfin... c'est une façon de parler. Je ne suis pas Mélanie Moisan, moi!

Dans la pâtisserie, tout était calme, sombre et frais. J'ai frissonné, après la chaleur étouffante de la rue. Personne en vue. Où était donc passé notre homme?

— Vous désirez?

J'ai failli tomber dans les pommes (ce qui est assez approprié dans une pâtisserie où l'on vend des tartes). Cette manie d'arriver dans le dos des gens sans avertir! La dame portait des chaussures à semelles de caoutchouc. Elle sortait probablement de la cuisine, car un tablier blanc lui entourait la taille. Elle s'en est servie pour essuyer ses mains couvertes de farine, tout en plissant les yeux. Elle devait être myope, parce qu'elle ne cessait pas de cligner des paupières. À moins que ce ne soit un tic...

— Deux crèmes glacées à la vanille, a commandé mon copain, sans perdre son sang-froid.

Il aurait pu me demander mon avis! Il sait très bien que j'ai horreur de la vanille! Je n'ai pas osé protester pourtant. J'avais les jambes molles, l'orteil en feu et je ne songeais qu'à déguerpir au plus vite de cet endroit où nous n'aurions jamais dû nous aventurer.

Philippe, lui, posait toutes sortes de questions à la pâtissière: si elle était la propriétaire du commerce, si les affaires marchaient bien, quelle était la saveur de crème glacée la plus populaire (la vanille, évidemment... ouache!).

La dame lui répondait très gentiment, tout en façonnant d'énormes boules de crème glacée: deux sur chaque cornet.

— C'est votre mari, le pâtissier? lui a demandé Phil, tandis que je pianotais nerveusement sur le comptoir.

— Non, je tiens boutique avec ma sœur, a expliqué la commerçante en tendant les cornets à mon copain. Ce sera deux dollars, s'il vous plaît.

— J'ai cru voir entrer votre mari tantôt, a insisté Phil en me passant les cornets pour fouiller à son aise dans ses poches, à la recherche de l'argent.

Je fondais d'embarras! La dame s'est mise à rire..

— Lui, mon mari? C'est trop drôle! Non, c'est mon locataire du haut.

À ce moment, j'ai remarqué un escalier derrière un rideau à moitié tiré. Sans doute l'entrée menant au premier étage. Et si notre type était là, dans l'ombre, en train de nous épier?

— Il y a longtemps qu'il habite ici? a poursuivi mon copain en tendant un billet froissé à la pâtissière.

Est-ce qu'il essayait de nous faire remarquer? Je l'aurais volontiers étranglé! Je m'attendais à tout moment à ce que la dame réplique vivement: «Pourquoi me posez-vous toutes ces questions indiscrètes, jeune homme?» Mais non, Phil a toujours eu le don d'inspirer confiance. Moi, on m'aurait remise à ma place tout de suite.

— Il ne loge pas ici; c'est son bureau. Vous n'avez pas vu la plaque à l'extérieur?

Philippe a haussé les épaules et a remercié la dame. Puis il lui a demandé, sans doute pour brouiller les pistes, combien coûterait un gâteau d'anniversaire pour vingt personnes. Génial! La pâtissière lui a remis un dépliant en couleurs avec les prix, et Philippe a fait semblant de s'intéresser à un énorme gâteau à la crème fouettée, garni de cerises avec les queues et tout. Un peu plus, il passait véritablement une commande! Si je ne l'avais pas connu, j'aurais vraiment cru à son histoire. C'est là que j'ai réalisé quel détective formidable il ferait et que l'idée de notre propre agence a germé dans mon esprit.

En sortant dans la chaleur humide de cette dernière journée de juin, mes yeux ont cherché la fameuse plaque. Je l'ai repérée dans la vitrine, entre un gâteau de mariage et une montagne de biscuits aux brisures de chocolat. J'ai tellement ri en la lisant que j'en ai échappé mes boules de crème glacée sur les espadrilles de Phil.

En fait de plaque, c'était plutôt une affiche grisâtre, couverte de lettres noires:

POLYDOR PRUD'HOMME,
détective privé.
Filatures en tous genres.
Discrétion assurée.
Tarifs raisonnables.
Avec ou sans rendez-vous.

Tu parles d'une histoire! Nous avions filé un détective. En revenant dans les souliers à la vanille de Philippe — il me les avait prêtés pour que je me repose les pieds —, je n'ai pas cessé de rire et de faire des plans avec lui et c'est à ce moment-là, oui, exactement à ce moment-là que le plus bel été de ma vie a commencé.

2

Taches de peinture

Polydor Prud'homme rôde toujours dans le quartier. Je l'ai aperçu hier, alors qu'il arpentait la ruelle derrière mon immeuble. Il ne parle à personne, ne pose aucune question. À mon avis, il va finir par se rendre suspect. Les gens n'aiment pas les rôdeurs, surtout depuis l'épidémie de vols de l'année dernière. Ça ne m'étonnerait pas que quelqu'un appelle la police bientôt, histoire de vérifier l'identité du bonhomme et ses intentions. Ce serait trop drôle: le détective, menottes aux poignets, emmené au poste pour un interrogatoire! Nous, en tout cas, on s'est promis d'être beaucoup plus discrets que lui dans nos futures enquêtes.

Ces derniers jours ont été très occupés. Après avoir trouvé le local, il a fallu l'aménager. C'est à croire que le vieux M. Côté, qui a bien soixante-quinze ans, n'a jamais osé jeter quoi que ce soit. Le hangar était rempli jusqu'au plafond de vieilles boîtes moisies, à moitié rongées par les souris. On a eu la permission d'en jeter une partie aux ordures, après un inventaire. Notre proprio a tenu à vérifier l'opération lui-même. Ça devait faire au moins dix ans qu'il n'avait pas mis les pieds dans son hangar. Il ne marche pas très vite, même avec sa canne, et Philippe a dû le soutenir en chemin. Je l'ai installé confortablement dans une chaise, à l'ombre d'un arbre.

Nous avons empilé les articles à jeter d'un côté, et de l'autre, les articles à conserver. Philippe a dû faire plusieurs voyages jusqu'à l'appartement (heureusement que c'est au rez-de-chaussée!) pour déposer les «bonnes» boîtes dans un coin du débarras.

C'est formidable, superlativement inouï! Nous avons hérité d'une table de bois un peu branlante, de deux chaises tachées de peinture et d'une vieille lampe à pétrole. Ah! j'oubliais le plus beau: M. Côté nous a aussi fait cadeau d'une énorme malle au couvercle bombé et à la serrure rouillée. Il ne se rappelait pas en être propriétaire et se demandait ce qu'elle faisait au fond de son hangar.

Pour remercier notre bienfaiteur, j'ai préparé des sandwiches et on a pique-niqué tous les trois dans le jardin. M. Côté nous a beaucoup amusés en récitant des vers de sa composition. Il a promis de nous lire un jour ses meilleurs poèmes, à la condition d'arriver à les retrouver. Je pense qu'il perd un peu la mémoire — c'est normal à son âge —, mais ce n'est pas grave, parce qu'il est tellement intéressant à écouter! Il n'a plus de famille et il vit seul avec son chat depuis douze ans... C'est la durée de notre vie, à Phil et à moi.

On a convenu de travailler dans notre local une partie de l'après-midi et de désherber le jardin ensuite. Je crois qu'Aldège — c'est son prénom et il insiste pour qu'on l'utilise — est très heureux d'avoir un peu de compagnie. Il s'ennuie sûrement, tout seul. Moi, je trouverais ça vraiment mortel de rester enfermée toute la journée entre quatre murs. Au bout d'une heure, nous l'avons raccompagné chez lui pour sa sieste, avec la promesse d'aller le saluer en partant.

Philippe a déniché deux bidons de peinture verte qui fera merveille pour rafraîchir le plancher du hangar. Il s'est mis au travail sans perdre un instant. Pendant ce temps, je me suis installée dans la cour et j'ai recouvert le dessus de la table d'une toile cirée, cadeau de ma grand-tante Louise. J'ai aussi repeint les chaises en jaune serin. Il faisait très chaud, mais je me sentais pleine d'énergie et d'entrain. Les enfants du quartier sont venus s'informer tour à tour de ce qu'on fabriquait. Je pense qu'on a fait plusieurs envieux!

Mélanie Moisan s'est pointée vers trois heures, en robe blanche à pois roses. Elle empestait le parfum. «Eau de lilas», appelle-t-elle ça... Par chance, les vrais lilas n'ont pas cette odeur-là, parce que je couperais celui de ma cour en moins de deux!

— Qu'est-ce que tu fais là? m'a-t-elle demandé d'un air dédaigneux. Tu as les cheveux pleins de peinture!

— Je danse la claquette, ça ne se voit pas? lui ai-je répondu du tac au tac en continuant mon travail.

Elle restait là à me contempler comme si j'étais soudainement tombée d'une autre planète. Je sentais trop bien qu'elle avait quelque chose de désagréable à me dire. Je la connais!

— C'est l'anniversaire de Paule aujourd'hui... Tu n'as pas été invitée?

Là, j'ai eu du mal à cacher ma déception! Il n'y a pas si longtemps, Paule et moi étions pratiquement inséparables. On se téléphonait tout le temps, on couchait l'une chez l'autre, on allait au cinéma. Je ne sais pas ce qui s'est passé, mais elle a changé depuis le printemps. Rien ne l'intéresse, à part les garçons.

Mélanie Moisan a dû déteindre sur elle!
C'est quand elle a commencé à insinuer
que Phil et moi passions beaucoup de
temps ensemble que je me suis fâchée.
Je lui ai dit ma façon de penser. Moutarde! est-ce que j'ai le droit d'avoir un
bon copain sans que ça tourne au grand
amour, oui ou non?

— Je n'ai pas le temps de m'amuser,
ai-je répondu à Mélanie en secouant
mon pinceau. J'ai du travail sérieux à
faire.

Une goutte de peinture jaune est
tombée, tout à fait par hasard, sur ses
chaussures blanches. Je pense qu'elle
aurait aimé me sauter dessus, mais elle
est bien trop civilisée pour ça. Elle est allée se plaindre à Philippe, qui lui a net-
toyé sa sandale avec un peu de térében-
thine. Je voyais bien qu'il la trouvait
belle; elle fait cet effet-là à tous les garçons. Non mais! est-ce qu'il se rendait
compte qu'elle empestait? Je ne suis pas
jalouse, mais je déteste perdre mon
temps à ricaner en prenant des airs
débiles. Franchement!

— Bonne chance avec TON agence! a
dit Mélanie à Philippe en s'en allant.

Elle faisait exprès de m'ignorer. La vapeur me sortait par les oreilles!

— Tu n'as pas été très gentille, m'a reproché Phil en venant inspecter mon travail, un peu plus tard.

Ça, c'était le bouquet! Moi, pas gentille?

— Qu'est-ce que j'ai fait, encore? ai-je crié en lançant mon pinceau dans l'herbe.

— Tu n'avais pas besoin de tacher les nouvelles chaussures de Mélanie.

Qu'est-ce qui lui prenait de prononcer son nom comme si c'était le plus beau du monde entier? J'ai vu rouge.

— Elle n'avait pas à mettre ses grands pieds ni à fourrer son grand nez dans mes affaires! Et puis si tu y tiens tant, à ta Mélanie Moisan, prends-la donc comme associée!

Je lui ai tourné le dos et j'ai entrepris de désherber le jardin pour me défouler. Les mottes de terre volaient de tous côtés. Philippe n'a rien ajouté. Il a rangé les pinceaux, a refermé les pots de peinture, avant de commencer à laver les vitres du hangar. Il sifflait comme un oiseau. Je le surveillais du coin de l'œil, un peu déçue.

J'aurais aimé qu'il se mette en colère pour de bon; comme ça, on aurait pu régler notre dispute très vite. Je me sens toujours idiote après un éclat, surtout que cette fois-là, j'avais réellement exagéré. Elle m'énerve tellement, la Mélanie Moisan, avec ses airs de fille riche et populaire! Je me suis mise à chanter très fort et très faux et mon cœur s'est allégé.

Quelques instants plus tard, Joannie, la sœur de Paule, est arrivée en courant.

— Je te cherchais partout! Paule demande si tu veux venir à sa fête.

Je devais être jolie avec ma salopette couverte de terre et de peinture, mes mains sales, mes cheveux en l'air. Mais ça m'était égal. Paule m'invitait!

— Je ne sais pas si j'ai le temps d'aller me changer, ai-je répondu. C'est à quelle heure?

— Cinq heures. Tu viens?

— Je n'ai même pas de cadeau à lui offrir...

Ça, c'était une bien mauvaise excuse, parce que ma mère est très prévoyante. Elle garde une grande boîte à trésors sous son lit, remplie de toutes sortes de babioles pour des occasions comme celle-là. Je n'avais qu'à en choisir une et à l'emballer. Oui, mais Mélanie serait là... Bof! tant pis pour Mélanie! Paule m'invitait.

— D'accord, j'y serai. Est-ce que Philippe...

— Naturellement, a répliqué Joannie en prenant un air entendu.

Décidément, tout le monde a l'esprit mal tourné! Bon! Première étape: me réconcilier avec Phil. Ça s'est mieux passé que je ne l'espérais. C'est lui qui a fait les premiers pas. On peut dire qu'il n'est pas rancunier!

— Viens voir ça! m'a-t-il dit.

Quand j'ai aperçu le hangar tout propre, avec son plancher vert luisant, ses vitres brillantes, mon cœur a fait un gros «toc!» dans ma poitrine. Notre agence! Je me suis sentie pleine d'optimisme,tout à coup.

— On va laisser la table et les chaises dehors toute la nuit, en attendant que le plancher soit sec. Pas de danger qu'il pleuve! a dit mon associé en s'éventant avec un journal.

On a fini de désherber le jardin ensemble et on a jeté les mauvaises herbes dans un vieux baril de métal. Rien de tel que le travail en équipe pour vous remettre de bonne humeur! Ensuite, je suis allée vérifier si Aldège n'avait besoin de rien avant notre départ. Il lisait, assis à la fenêtre du salon, en écoutant de la musique douce. Son chat Caramel dormait sur ses genoux.

— Allez-y, mes enfants, a dit Aldège avec un grand sourire. Merci pour tout!

Merci? C'était à nous d'être reconnaissants, il me semble. Sans lui, notre agence n'aurait pas eu la moindre chance d'exister. Je lui ai servi un verre de limonade avant de partir. Philippe a préparé une salade et une assiette de viandes froides en prévision du souper. Il a rempli l'écuelle du chat. Je l'aime déjà, Aldège. Je le trouve moins vieux qu'hier, c'est drôle, et j'ai hâte de l'entendre nous réciter d'autres poèmes.

Nous avons soigneusement fermé la porte du hangar avec un gros cadenas et Phil a mis la clé dans sa poche. Moi, je perds tout!

— On se retrouve chez Paule?

— À cinq heures!

J'ai pris un bon bain, je me suis lavé les cheveux et j'ai enfilé mon unique robe, un peu courte, car elle date de l'année dernière. Pour Paule, j'ai choisi deux savons roses en forme de cœur, de ma part, et une épingle en forme de papillon, de la part de Phil. Ce n'est pas le genre de cadeaux que j'apprécierais, mais Paule, sans être pimbêche comme Mélanie, adore les petites fantaisies.

En me rendant chez elle, j'ai aperçu Polydor Prud'homme appuyé au comptoir du dépanneur. Je suppose qu'il a décidé d'interroger les commerçants. Je me demande quand même ce qu'il cherche... Il faudra que j'en parle avec Phil. Nous pourrions enquêter sur l'enquêteur, en attendant d'avoir des clients à l'agence.

Moutarde! que je déteste donc porter des robes! Et le comble, c'est le petit sifflement qui a échappé à Phil lorsqu'il m'a vue. J'en ai rougi. J'ai horreur de rougir; ça me donne l'air d'une idiote. C'est bien la dernière fois que je vais à une fête, habillée en poupée, parole de M.-H.!

3

Les détectives
associés

La fête s'est bien passée, excepté que
Mélanie Moisan a fait tout un drame,
parce qu'elle avait sali un volant de sa
robe. La mère de Paule avait servi un
punch du tonnerre, avec des morceaux
de citrons et d'oranges qui flottaient
dessus. En voulant remplir mon verre,
j'ai éclaboussé par accident Mélanie qui

se trouvait juste à côté. C'est tout. Elle n'avait pas besoin de me traiter de «saligaude» entre ses dents. Je l'ai entendue, mais j'ai fait mine de rien.

Quand est venu le temps de chanter «bonne fête», Phil et moi avons éclaté de rire en apercevant le gâteau. C'était le même qu'à la pâtisserie, l'énorme machin à la crème avec des cerises à queue! Personne n'a compris la raison de notre hilarité. Le malheur, c'est que tout le monde a cru que Phil et moi, nous avions des secrets d'amour. Pourquoi est-ce si compliqué d'avoir douze ans?

Paule s'est montrée très gentille; elle m'a avoué qu'elle s'ennuyait de moi et m'a demandé de coucher chez elle le samedi suivant. J'ai accepté, en m'efforçant de cacher mon empressement. J'essayais de me composer un visage genre Philippe — très neutre. Paule a paru impressionnée par mon calme et, en partant, elle a insisté pour me prêter une de ses revues pop. Venant d'elle, c'est assez rare. Elle déteste prêter ses affaires. Je pense qu'on est réconciliées pour de bon.

Philippe et moi avons passé la matinée du lendemain à préparer des circulaires pour notre publicité. Après une heure de discussions et d'essais ratés, dictionnaire en main, on a fini par se mettre d'accord sur le texte suivant:

RIEN N'EST TROP COMPLIQUÉ POUR LES DÉTECTIVES ASSOCIÉS. Service rapide et efficace, discrétion assurée.
Prix imbattables. Entrée par la ruelle du 5022, rue Cabana, tous les jours de 9 h à 21 h.

Nous n'étions pas certains de l'horaire, mais Phil a déclaré que l'un de nous pourrait demeurer à l'agence si l'autre était occupé ailleurs. Dans les cas d'enquêtes sérieuses, on se débrouillera pour engager un surveillant. Notre budget, en mettant nos économies en commun, s'élève à la fabuleuse somme de vingt-quatre dollars et seize cents. C'est un début, et c'est suffisant pour démarrer.

Phil, qui a une très belle écriture, a recopié le texte de notre annonce sur une feuille blanche. J'ai ensuite dessiné notre emblème, un gros chat épiant une souris. On s'est rendus chez le pharmacien du coin pour les photocopies. Monsieur Bolduc était seul et il comptait des petites pilules rouges et vertes, d'un air absorbé.

— Combien de copies désirez-vous? a-t-il demandé sans lâcher ses pilules.

Il préfère faire fonctionner lui-même la machine.

— Euh!... c'est combien pour cent?

Du coup, il en a perdu son compte. Je crois qu'on l'impressionnait.

— Voyons... huit dollars, et je vous fais un prix d'ami.

Tout un ami! Phil et moi, on s'est regardés, déçus. Pas question de flamber le tiers de notre budget rien qu'en photocopies! D'un autre côté, je ne nous voyais pas écrire le même texte cent fois pour économiser.

Monsieur Bolduc a jeté un coup d'œil sur notre feuille et a souri dans sa moustache.

— Si je m'adresse à votre agence, est-ce que vous me ferez une réduction?

Quel culot! Il voulait nous arracher huit dollars pour ses services et mar-

chander les nôtres. J'ai ouvert la bouche pour protester, mais Phil m'a devancée:

— Bien sûr! Ce sera même gratuit pour la première consultation.

— Dans ce cas, laissez-moi votre texte et revenez dans une heure. Je dois d'abord remplir cette prescription et je m'occuperai de vos copies ensuite.

J'étais indignée.

— Huit dollars, c'est trop cher. On va laisser tomber, ai-je répondu en reprenant la feuille.

Je n'avais rien compris. Décidément, je manque de subtilité, un gros défaut pour une détective!

Philippe m'a regardée d'un air protecteur. Le pharmacien m'a tapoté la main.

— As-tu déjà entendu parler de troc? m'a-t-il demandé.

— C'est quoi, ce truc-là?

Phil s'est empressé de me renseigner.

— C'est un échange. Tu vois, monsieur Bolduc fait nos photocopies gratuitement et nous le rembourserons en services de l'agence.

Très bien, j'ai encore beaucoup de choses à apprendre! Pour me faire pardonner mon ignorance, j'ai remercié monsieur Bolduc en lui serrant la main. Entre gens d'affaires... Par malheur, mon coude a accroché sa petite soucoupe de pilules et j'ai perdu un temps fou à récupérer toutes ces petites boules rouges et vertes éparpillées sur le sol. Je n'étais pas très fière de moi!

À la sortie de la pharmacie, qui est-ce qui nous est tombé dessus, comme par hasard? La Mélanie Moisan! Elle portait une robe verte avec des rayures lilas en diagonale. Un vrai zèbre!

— Salut, Philippe! Ça marche, ton agence?

— NOTRE agence! ai-je répliqué en levant le menton. Même qu'on fait du troc, Mademoiselle!

La Mélanie n'a même pas daigné jeter les yeux sur moi. Elle examinait Phil comme si elle allait l'avaler tout cru.

— Es-tu libre tout à l'heure? a-t-elle demandé d'une voix sucrée. Parce que la fenêtre de notre salon ferme mal. Ma mère a besoin d'un homme d'expérience pour la réparer.

Un homme d'expérience! Vraiment!

— Il n'est pas libre, ai-je répondu en montrant les dents. Nous sommes en affaires et nous avons beaucoup de travail à terminer avant d'inaugurer NOTRE agence.

Philippe, l'idiot, souriait dans le vide.

— Je passerai vers cinq heures, si ça te convient.

Ah non! ah non! il n'allait pas me faire ça à MOI, sa copine de toujours, son associée! C'est alors qu'il m'est venu une idée brillante. Je me suis plantée devant Mélanie et j'ai articulé en mordant dans mes mots:

— MON associé et MOI, NOUS NOUS ferons un plaisir d'aller réparer votre fenêtre, même si ce n'est pas NOTRE domaine. NOUS NOUS spécialisons dans les vols et les mystères, mais NOUS sommes toujours heureux de dépanner les faibles.

Et vlan! J'ai cru qu'elle allait s'évanouir sur le trottoir. Phil n'a pas bronché. Il a simplement ajouté, en posant une main sur l'épaule de Mélanie:

— NOUS y serons à cinq heures.

Le zèbre a fichu le camp et je n'ai pas pu m'empêcher de pouffer. Si elle pense pouvoir m'exclure si facilement et attirer mon associé chez elle à tout moment, elle se trompe royalement! Philippe a haussé les épaules sans faire de commentaires.

En attendant nos photocopies, nous sommes passés à la papeterie acheter quelques cartons de couleur pour nos affiches, un gros cahier à couverture verte (notre registre de clients) et deux calepins noirs. Philippe fournira deux lampes de poche et une loupe. Ma mère m'a donné une vieille machine à écrire toute cabossée. Le «s» et le «t» sont absents, le ruban n'imprime presque plus, les touches sont usées et le chariot colle, mais la machine elle-même apportera un petit côté sérieux à notre local.

En passant les cent circulaires dans les boîtes aux lettres de notre quartier, je me suis arrêtée chez Aldège pour voir s'il n'avait besoin de rien et pour l'inviter à notre inauguration, le lendemain! Il a accepté et m'a demandé de lui rapporter un pain et du lait. Philippe a dessiné les affiches et les a collées chez quelques commerçants de la rue.

À cinq heures précises, nous étions devant la maison de Mélanie Moisan. Elle prenait l'air sur la galerie en nous attendant. Elle avait encore changé de vêtements! Cette fois-là, elle portait une jupe-culotte blanche avec un corsage rouge à broderie. Ça doit lui prendre trois placards à elle toute seule pour ranger sa garde-robe!

— Tu peux attendre dehors, m'a-t-elle dit en plissant le nez.

— Pas question! J'entre avec mon associé, ou bien... au revoir, réparation!

Elle a fini par me laisser passer. Je transportais la grosse boîte à outils de mon père et j'avais mis sa casquette bleue, pour faire plus sérieuse.

Philippe n'a eu qu'à donner deux petits coups de marteau sur le dessus du châssis et c'était tout. La fenêtre s'est remise en place. Mélanie contemplait mon copain avec des yeux de poisson frit.

— C'est parfait! s'est exclamée madame Moisan en entrant dans le salon.

Je la trouve très sympathique et je me demande comment elle a pu mettre au monde une fille aussi déplaisante que la sienne.

— Je vous dois combien?

Le «vous» m'a fait plaisir.

— Deux dollars, ai-je répondu précipitamment.

Je sentais trop bien que Phil n'avait aucunement l'intention de se faire payer. Moi, je trouve ça idiot de déranger pour rien deux détectives occupés comme nous... Enfin, je suis sûre que nous serons bientôt débordés d'appels.

J'ai empoché l'argent sans remords. Mélanie paraissait déçue. Elle avait dû se disputer avec son Charles pour se jeter comme ça sur mon associé. Moi, je n'ai rien contre l'amour, mais c'est le travail d'équipe qui m'intéresse. Je l'ai dit à Phil en sortant. Il a rougi.

— Je ne t'appartiens pas, il me semble, a-t-il marmonné.

J'ai tourné les talons et je me suis mise à courir. La boîte à outils pesait lourd et gênait ma fuite. Je l'ai laissée tomber sur le trottoir: bang!

— Attends-moi, espèce de jalouse!

Là, je me suis arrêtée net. Philippe perdant son sang-froid? C'était nouveau...

— Je ne suis pas jalouse! ai-je protesté quand il m'a rejointe. Je pense à l'avenir de notre agence, c'est tout, et je n'ai pas envie que Mélanie Moisan s'en mêle. Tu ne m'appartiens peut-être pas, mais tu n'es pas sa propriété non plus!

Mon copain m'a dévisagée avec un drôle d'air. Puis il a sorti son mouchoir — pourquoi est-ce qu'il a toujours des mouchoirs impeccables? — et m'a essuyé les joues. Je ne m'étais même pas rendu compte que je pleurais. Qu'est-ce qui m'arrive, ces jours-ci? Je suis bien nerveuse, il me semble...

Puis j'ai souri, un vrai sourire qui venait du cœur. Mélanie, de sa galerie, nous voyait. De loin, nous devions ressembler à deux amoureux. Si c'est ça que ça te prend pour te clouer le bec, Mélanie Moisan, tu vas l'avoir! J'ai pris la main de Phil, une main chaude et réconfortante, et nous sommes partis sans nous retourner une seule fois.

Je pense que c'est à ce moment-là qu'on a réellement senti le pouvoir de notre association.

4

Une drôle de cliente

C'est aujourd'hui que nous inaugurons notre agence! Je viens tout juste de clouer notre enseigne au-dessus de la porte: LES DÉTECTIVES ASSOCIÉS. Notre local a fière allure, et même le soleil s'est dérangé pour en éclairer le moindre recoin. J'ai cueilli des marguerites et des espèces de fleurs mauves avec du feuillage. L'effet est très joli sur la nappe cirée, à côté de notre machine à écrire recouverte d'une housse, du pot à crayons, du registre tout neuf. Le coffre à la serrure rouillée sert de siège supplémentaire; nous n'avons pas réussi à l'ouvrir pour y ranger nos affaires.

À dix heures, Aldège en personne s'est déplacé pour nous souhaiter bonne chance. Il a envoyé Phil chez le dépanneur acheter six grosses bouteilles de soda mousseux à la fraise. C'est aussi bon que du champagne et ça attire beaucoup de visiteurs! Il faut bien soigner nos futurs clients, n'est-ce pas? Notre proprio trône à la meilleure place, dans un fauteuil récupéré dans la ruelle, avant le passage des éboueurs. Il est un peu défoncé, mais avec un coussin supplémentaire et une vieille couverture prêtée par maman, Aldège jure qu'il n'a jamais eu meilleur siège de toute sa vie. Je crois qu'il s'amuse comme un petit fou! Il n'arrête pas de distribuer des bonbons à la menthe aux enfants du quartier. Phil déclare qu'on devrait l'engager comme agent de publicité.

Ma mère aussi est venue nous féliciter, accompagnée de tante Louise. Les parents de Phil ont promis de s'arranger pour passer vers la fin de l'après-midi. Tante Louise, qui est presque aussi âgée que notre vieil ami, a rougi de plaisir lorsqu'il a voulu lui offrir son fauteuil. Il n'a pas réussi à se lever, mais l'effet a été le même. Tante Louise lui a arrangé son coussin dans le dos et s'est installée sur la malle, à côté de lui. Comme elle est pétillante! Je les entends rire aux éclats depuis tantôt.

Phil porte son plus beau pantalon de toile, et moi, une jupe-culotte toute neuve. Je trouve que c'est un parfait compromis entre la robe et le pantalon, et ça fait plus chic que mes vieilles salopettes. Nous avons le même chandail blanc, avec l'inscription «LES DÉTECTIVES ASSOCIÉS» à l'encre indélébile. C'est un truc publicitaire, pour aujourd'hui seulement: nous n'allons quand même pas attirer l'attention sur nous en le portant pendant nos enquêtes! Ce n'est pas comme Polydor Prud'homme, P.P., comme on l'appelle maintenant: tout le quartier le connaît. Personne ne le trouve sympathique. Il ne cesse pas de poser des questions indiscrètes sur les allées et venues des locataires de mon immeuble. C'est le propriétaire du dépanneur qui en a parlé à papa. Un malfaiteur dans la maison, ça me surprendrait! Il n'y a que nous, madame Doré, chez qui je garde de temps à autre, la couturière d'à côté et un facteur à la retraite. Attendez que je le remette à sa place, ce détective amateur!

Nos visiteurs semblent très impressionnés par l'agence. Plusieurs de nos amis nous ont apporté des cartes de félicitations. Phil les a collées aux murs. Nous avons reçu une offre de service: Tommy Roy, neuf ans, surnommé «La Fouine», jure que nous ne saurions nous passer de lui dans nos enquêtes délicates. Il a aussi proposé de garder l'agence de temps à autre. J'ai noté son nom et son numéro de téléphone. On ne sait jamais! Une qui ne s'est pas montrée, c'est Mélanie Moisan. Elle peut bien mijoter dans son jus, celle-là!

Aldège et tante Louise, un peu fatigués, sont partis se reposer chacun de son côté. Les gens continuent d'entrer et de sortir. Monsieur Bolduc a envoyé, par son livreur, une plante enrubannée. C'est chouette!

Moutarde! Polydor Prud'homme est plus effronté que je ne le croyais. Il est venu! Il n'a rien dit, s'étant contenté de faire le tour du hangar à l'extérieur, les mains dans les poches comme à son habitude. Puis il est entré et s'est servi un verre de soda mousseux à la fraise. Il a fait claquer sa langue, a jeté un coup d'œil dans tous les coins et est ressorti sans avoir desserré les lèvres. Quel malotru! J'allais lui dire ma façon de penser, lorsque Phil m'a retenue:

— C'est un vrai détective, m'a-t-il soufflé. Il pourrait nous être utile un jour, et vice-versa.

Phil a raison. Je suis trop impulsive; je devrai apprendre à me maîtriser.

Vers trois heures, il y a eu comme une espèce de temps creux. Nous nous sommes retrouvés seuls, mon associé et moi, un peu étourdis par le succès de notre inauguration. J'ai compté 58 visiteurs, et Phil, 62. Nous nous sommes un peu disputés au sujet du nombre exact. La fatigue et l'émotion, je suppose. Puis nous avons profité de cette pause forcée pour faire un peu de ménage dans notre local. La belle nappe cirée était couverte de cercles collants laissés par les dessous de verres. En sortant les bouteilles vides, j'ai trouvé devant la porte une toute petite fille d'environ huit ans, aux joues très sales, qui semblait sur le point d'entrer. En me voyant, elle a reculé. Je lui ai dit:

— Salut! Tu cherches quelqu'un?

La petite a fait un autre pas en arrière, toute tremblante. Bien quoi! je ne suis quand même pas si intimidante! Je l'ai examinée tandis qu'elle gardait les yeux baissés, les poings fermés le long de sa robe déchirée. Je ne l'avais jamais vue dans le quartier. Une nouvelle? Pourtant, les déménagements ont été rares cette année. Je connais la famille Plante qui a pris le logement de la vieille madame Dupont partie vivre en centre d'accueil. Il y a aussi les Cardinal, un couple sans enfant, qui vient juste d'emménager à deux maisons de chez moi.

J'allais rentrer, puisque la petite fille ne semblait pas décidée à parler, lorsqu'elle m'a demandé:

— C'est toi, la détective?

— Moi et mon copain. On est associés. As-tu besoin d'aide?

Elle s'est contentée de hocher la tête.

— Entre. Je ne vais pas te manger.

Je l'ai fait asseoir sur la malle et j'ai pris place derrière la table. Philippe balayait le plancher. Il m'a regardée d'un air interrogateur, tout en continuant son travail.

— Où habites-tu? ai-je demandé en ouvrant le registre.

— Là-bas.

Elle faisait un geste vague de la main.

— Où ça?

— Par là.

— Ton adresse?

— Sais pas.

— Ton nom?

— Vivi.

Elle gardait tout le temps les yeux baissés et jouait avec l'ourlet sale de sa robe. Mon associé m'a fait signe de le rejoindre dans un coin.

— Hé! m'a-t-il dit en fronçant les sourcils, tu vas un peu vite en affaires! On croirait que tu questionnes une criminelle. Tu vas lui faire peur.

Je lui ai enlevé le balai des mains.

— Prends ma place, si tu penses faire mieux.

Phil s'est approché, a offert un bonbon à l'enfant. Elle a souri, un petit sourire qui m'a fait un drôle de pincement au cœur. Je n'avais jamais rencontré d'enfant avec un air si... Où avais-je déjà vu ces yeux-là? Misère!

Est-ce que ma folle imagination me jouait des tours? Vivi avait le même regard, craintif et plein d'espoir, que le pauvre chien que nous avions trouvé errant dans la ruelle, l'automne dernier. Malgré tous nos efforts, nous n'avons jamais réussi à l'apprivoiser, et les gens de la fourrière ont fini par l'emmener. J'ai tellement pleuré! D'après mon père, cet animal-là avait dû beaucoup souffrir pour devenir si méfiant envers les êtres humains. J'ai senti les yeux me picoter et je me suis mise à balayer plus vite pour cacher mon trouble. Tante Louise, ma marraine, dit toujours qu'elle va me payer des cours d'art dramatique un de ces jours, pour mettre à profit mes exagérations. Il paraît que j'ai le sens du drame. C'est vrai que je m'invente des histoires, souvent pour des riens. Mais cette fois...

Phil ne se pressait pas d'interroger notre première cliente. Il lui a montré la machine à écrire, la lampe de poche, la loupe. Je l'observais du coin de l'œil, avec l'impression de prendre une bonne leçon de tact. Mon associé a installé Vivi à la table, avec une feuille et un crayon.

— Tu peux dessiner en me parlant, si tu veux.

La petite fille, comme si elle n'avait attendu que cette invitation, s'est aussitôt mise à couvrir la feuille de traits de crayon.

— Écoute, Vivi, si tu as besoin de notre aide, tu peux compter sur nous. As-tu un gros problème?

L'enfant dessinait toujours.

— Je ne sais pas, a-t-elle balbutié dans ses cheveux, sans lever la tête.

— Es-tu perdue?

— Non.

Elle a eu un long frisson, a serré ses bras contre sa poitrine et deux grosses larmes ont coulé sur sa figure sale.

— C'est Bibi.

— Bibi?

— Mon chat.

Mon cœur s'est allégé d'un coup. On peut avoir beaucoup de peine à cause d'un chat, d'un chien, ou même d'un oiseau. On peut avoir ces yeux-là; je le sais. J'ai dû ressembler à Vivi quand mon canari est mort. Tu vois, M.-H., comme tu dramatises! La petite fille est triste; c'est normal. Tu devrais savoir qu'un gros chagrin, ça n'embellit pas une personne.

J'ai poussé un soupir que Phil a interprété comme un mouvement d'impatience. Il m'a fait de gros yeux et je n'ai pas pu m'empêcher de lui répondre par une grimace. Vivi, toujours penchée sur sa feuille, la couvrait de coups de crayon rageurs.

— Tu as perdu ton petit chat? l'a questionnée mon associé.

— Il s'est sauvé. Il est méchant. Je l'avais averti de ne plus griffer, ou alors... tant pis!

— Tant pis?

Les yeux de Vivi se sont éclairés un moment et elle a dit: «paf!», comme si elle avait envoyé promener le chat d'un bon coup de poing. Phil et moi, on s'est regardés. Quelle étrange enfant! Je suis

allée m'asseoir sur le coffre pour mieux écouter, tellement cette conversation m'intéressait. Philippe a été très patient.

— Écoute, Vivi, c'est mal de battre les animaux. Ton chat avait une bonne raison de se sauver si tu lui as fait mal.

La petite a paru réfléchir un instant, puis elle a répliqué:

— Je veux Bibi! Mais je n'ai pas de sous pour vous payer.

Je me suis levée et j'ai posé ma main sur son épaule. À la façon dont elle s'est dégagée, on aurait cru que je venais de la pincer. Je me suis empressée de la rassurer:

— Ça ne te coûtera rien. Tu es chanceuse, c'est notre offre d'ouverture. Tu es notre première cliente.

Phil m'a souri et j'ai senti qu'il approuvait ma générosité. Du coup, il me pardonnait d'avoir accepté l'argent de madame Moisan. Dans la vie, à mon avis, il y a «rendre service» et «rendre service». Il faut faire preuve de jugeote, comme dit souvent tante Louise. Un temps pour le bénévolat et un temps pour le travail justement rémunéré. Mon associé devra l'apprendre. En attendant, il a poursuivi:

— Maintenant, j'aimerais savoir à quoi ressemble ton Bibi. Peux-tu nous le décrire?

Comme une poupée mécanique dont le mécanisme viendrait d'être remonté, la petite fille s'est soudainement animée. Elle a rejeté ses cheveux en arrière, d'un mouvement saccadé. Ses épaules se sont soulevées et elle a ouvert les bras.

— Il est gros... comme ça. Son poil est noir, avec deux taches blanches: une sur son oreille... euh! droite et l'autre sur le bout de sa queue. Ses yeux sont verts avec des petits filets jaunes. Il ronronne tout le temps et le dessous de ses pattes ressemble à un petit coussin très doux. Quand il bâille, on voit sa belle petite langue rose et ses dents pointues.

Comme elle l'aimait, son ami! Pas étonnant que ses yeux, devenus très brillants, aient été si tristes plus tôt.

Mon associé prenait consciencieusement des notes. Un vrai professionnel! Je nous voyais déjà sur la piste du chaton perdu, le découvrant niché dans un arbre, miaulant de tout son cœur. Je m'imaginais grimpant courageusement aux branches, sous les regards admiratifs des gens du quartier, ramenant le petit animal blotti contre moi. Nous le rendrions à une Vivi radieuse et reconnaissante. Notre photo apparaîtrait en première page du journal local, et l'article serait titré en lettres énormes:

DEUX JEUNES DÉTECTIVES PROMETTEURS RENDENT LA JOIE DE VIVRE À UNE PETITE FILLE ET À SON CHAT.

Mélanie Moisan en crèverait de jalousie et notre réputation serait faite.

Phil, lui, gardait les deux pieds sur terre, comme à son habitude.

— Est-ce qu'il porte un collier, ton Bibi?

— Non.

— Bon! Donne-nous ton adresse et nous irons le porter chez toi dès qu'il sera retrouvé.

— Oh non!

Vivi s'était levée brusquement, l'air affolé. Mon beau rêve venait de crever comme une bulle. Nous avions devant nous une pauvre petite fille terrorisée. C'est normal d'avoir de la peine en perdant son compagnon favori, mais de là à trembler comme une feuille!... Quelque chose ne tournait pas rond.

— Tu ne veux pas qu'on aille chez toi? a demandé Phil en se grattant l'oreille, un geste familier lorsqu'il est contrarié.

Vivi reculait lentement vers la porte.

— Nous allons le trouver et tu viendras toi-même le chercher! me suis-je empressée de lui dire pour la rassurer. Reviens demain...

Elle était déjà partie. Pauvre petite fille! Phil et moi, on s'est sentis un peu découragés, pas à cause de l'enquête mais parce qu'on n'avait jamais rencontré de petite fille de ce genre-là. Elle faisait peine à voir et nous avons passé un bon moment à discuter de son cas. Peut-être le chat était-il un cadeau de ses parents qui seraient furieux s'ils apprenaient sa disparition. Peut-être que... On ne va pas bien loin avec des suppositions, des hypothèses, comme dit Phil.

Les parents de mon copain, qui tiennent une pizzeria, sont arrivés avec une énorme pizza toute garnie pour célébrer notre inauguration. Les émotions, ça creuse! J'aime beaucoup monsieur Nguy Yen; il a toujours des histoires très drôles à raconter et ça m'a fait du bien de rire aux éclats. La mère de Phil ne parle pas beaucoup, mais elle a des yeux immenses qui me font penser à des billes noires très précieuses. Elle chante presque en parlant et je guette ses rares paroles qui contiennent toujours un brin de sagesse. Par exemple: «Le monde est une fenêtre; il faut toujours garder ses vitres propres.»

Nous nous sommes arrangés pour laisser une pointe de pizza à l'intention de notre ami Aldège et nous sommes allés la lui porter.

Il regardait la télévision avec Caramel. On jurerait que ce chat-là est humain. Il suit réellement l'image et s'étire le cou lorsqu'un passage de l'émission l'intéresse particulièrement. Je me suis demandé si Bibi regrettait son chez-soi. Les animaux sont fidèles, bien plus que les humains parfois. Ils ne demandent qu'un peu d'amour en retour de leur compagnie et de leurs services. Il faudra l'expliquer à Vivi. Pourvu qu'on retrouve son compagnon!

La soirée a été tranquille et nous avons fermé l'agence un peu avant neuf heures. En rangeant le registre, je suis tombée sur le dessin de Vivi. J'avais dû le glisser entre les pages, sans y faire attention. C'était un étrange gribouillage, une sorte de figure grimaçante qui m'a fait passer un frisson dans le dos. Je l'ai montré à Phil et il a eu la même impression que moi.

Vivi avait dessiné son portrait, sans doute, et elle avait écrit au bas de la feuille, d'une petite écriture tremblante: «Je veux Bibi.»

— Elle l'aura, son chat! m'a déclaré mon associé, en repliant le dessin avant de le remettre dans le registre. Mais je pense que cette histoire-là cache quelque chose de plus grave...

— Que la perte d'un chat?

Mon copain m'a regardée droit dans les yeux.

— Ça sent mauvais, a-t-il dit.

Et à cet instant-là, il ressemblait vraiment à un célèbre détective de la télévision!

5

Le mystère
de la malle

Moutarde! ça commence bien! Quelqu'un, que je qualifierai de sombre individu, a osé s'introduire dans le hangar la nuit dernière et a tout mis à l'envers. En arrivant à l'agence ce matin, on a trouvé des éclats de verre sur le plancher. Ils provenaient de la fenêtre du côté, assez large pour laisser passer un enfant ou un homme mince. La vitre entière avait été pulvérisée avec une grosse roche. La table et les chaises étaient sens dessus dessous. La machine à écrire gisait sur le plancher, encore plus démolie qu'avant. Le fauteuil d'Aldège, renversé, avait été tailladé et éventré. Inutile de préciser que ça nous a donné un de ces chocs!

Primo, il y avait des larmes de cire partout, ce qui indique que l'intrus s'est servi d'une chandelle pour s'éclairer. Secundo, la grosse malle porte des marques profondes près de la serrure. Notre mystérieux visiteur s'est sans doute acharné à tenter de l'ouvrir, mais sans succès. C'est un coffre solide, aux parois très épaisses et à la serrure compliquée.

Notre déduction: c'est au secret du coffre qu'on en voulait. Mais quel secret? Il faut absolument le découvrir avant que l'inconnu ne revienne! Car il reviendra, c'est certain, avec de bons outils, cette fois.

Pendant que Phil montait la garde, j'ai couru chez Aldège et, tout en lui servant son petit déjeuner, je l'ai interrogé sur le coffre en question. Je ne voulais pas l'inquiéter, vu son âge, et je n'ai pas parlé des événements de la veille.

Notre ami est demeuré vague dans ses réponses.

— Je suis presque certain de n'avoir jamais possédé de malle comme celle-là. C'est peut-être le coffre qui contenait le trousseau de ma femme Berthe. Attends un peu... Mais non! Berthe se servait du meuble en cèdre, qui se trouve encore sous la fenêtre du salon. À moins que...

Cette petite excursion au pays des souvenirs allumait une flamme dans son œil. C'était comme un défi à relever pour lui. Son front se creusait, ses sourcils se rejoignaient, il marmonnait des noms et des dates.

— Aide-moi à m'installer dans mon fauteuil, ma petite fille, m'a-t-il demandé. Je ne me suis pas creusé la tête comme ça depuis longtemps et ça m'épuise.

J'avais un peu honte. Aldège mâchonnait un coin de sa grosse moustache tombante, l'air extrêmement préoccupé.

— Ne vous en faites pas, ça vous reviendra un de ces jours, lui ai-je dit pour le consoler.

— Un de ces jours? Je n'ai pas autant de temps à gaspiller, m'a répondu mon ami. Mes souvenirs, c'est tout ce qu'il me reste, et si je commence déjà à les perdre...

Je m'en voulais d'avoir soulevé le sujet de la malle.

— Et si on l'ouvrait? ai-je suggéré. Nous donnez-vous la permission d'essayer?

— Puisque je vous l'ai offerte! a répliqué Aldège d'un air distrait. Cette malle vous appartient maintenant.

Il m'a congédiée d'un geste et je ne me suis pas fait prier pour rejoindre Phil. Caramel est sorti derrière moi pour sa promenade matinale et je suis retournée en vitesse sur les «lieux du crime».

Phil avait déjà remis de l'ordre. À l'aide d'une règle, il grattait les larmes de cire. J'ai cloué des planches à la fenêtre, en attendant de remplacer la vitre. Notre meilleure fenêtre! L'autre est minuscule et à demi obstruée par un arbre. Nous avons beaucoup moins de lumière comme ça, ce qui est embêtant. D'un autre côté, les planches empêcheront sûrement une nouvelle effraction. Mais que cherchait donc notre effronté visiteur? La clé du mystère est dans le coffre, et le coffre semble bien déterminé à garder son secret. Je ne vois pas comment nous réussirons à l'ouvrir, à moins de le découper à la scie!

Phil a fait venir Tommy «La Fouine» et lui a promis une récompense s'il retrouvait le chat de Vivi. Il ne faut pas négliger notre première cliente! Notre nouvel assistant, muni de la description détaillée de Bibi, s'est mis en chasse immédiatement, en nous promettant un rapport détaillé avant la fin de la journée. Il prend son rôle au sérieux, celui-là!

Vers midi, tante Louise a fait une brève apparition à l'agence pour nous approvisionner de fruits et de petits gâteaux tout chauds. Puis elle a rougi très fort en nous demandant si Aldège avait déjà mangé. Elle s'est dirigée vers la maison sans même attendre notre réponse. Il y a de l'amitié dans l'air!

Phil et moi sommes très inquiets des événements de la nuit dernière. C'est comme si quelqu'un nous en voulait. Pourtant, c'est au coffre qu'on s'est attaqué, mais ça n'empêche pas les frissons de nous courir dans le dos.

— Je pense qu'il vaut mieux que je passe la nuit sur place, a décidé mon associé. C'est le seul moyen d'en avoir le cœur net. Cet individu reviendra sûrement à la charge.

Il est plus brave que moi! De toute façon, c'est samedi et Paule m'attend. Je sais bien que Phil a été scout pendant quatre ans et qu'il est très débrouillard. J'ai quand même peur pour lui.

La malle refuse de s'ouvrir. Pas question de démolir notre meilleur siège à coups de hache! On a songé un moment à faire appel aux services de Polydor Prud'homme. Après tout, c'est un véritable détective, lui, et il doit avoir plus d'un tour dans son sac.

Nous étions justement en train de parler de lui, lorsqu'il a passé la tête dans l'encadrement de la porte. Tu parles d'une coïncidence! Il a haussé les sourcils en apercevant la fenêtre barricadée avec des planches, les éclats de vitre dans un coin.

— Je peux vous dire un mot, les jeunes?

Phil, agenouillé près de la malle, s'est redressé lentement. Pour une fois, j'ai admiré son sang-froid qui lui donnait un air extrêmement compétent.

— Vous désirez, Monsieur Prud'homme?

Ça lui a donné un choc, à l'enquêteur, de se faire appeler par son nom! De près, comme ça, il a l'air assez gentil. Il doit être dans la trentaine. C'est un homme assez corpulent. Je n'ai pas pu m'empêcher de comparer sa taille à l'ouverture de la fenêtre, ce qui m'a tout de suite rassurée. Il n'aurait jamais pu passer par là, ou alors nous l'aurions retrouvé coincé, ce matin, les jambes gigotant à l'extérieur. J'ai failli pouffer de rire à cette évocation. Phil a eu la même idée, j'en suis sûre; je l'ai deviné à son sourire en coin.

Le détective a fixé ses yeux extraordinairement bleus et perçants sur notre visage. Il souriait.

— Très bien! vous connaissez déjà mon nom. Un bon point pour vous! Je peux m'asseoir?

Sans attendre notre invitation, il a tiré à lui la plus solide des chaises jaunes et s'y est installé à califourchon — comme dans les films!

— Comme ça, vous tenez une agence de détectives, a-t-il constaté d'un ton ironique. C'est un métier passablement dangereux.

— Venons-en au fait, ai-je répondu, en reprenant une réplique entendue dans une pièce de théâtre.

Il a paru impressionné, notre P.P.!

— J'en viens au fait, comme vous dites si bien, Mademoiselle...?

— Marie-Hélène Bousquet, M.-H. pour les intimes, ai-je répliqué. Et lui, c'est mon associé, Philippe Nguy Yen.

Le petit détective a une de ces poignées de main!

— Eh bien! Mademoiselle... M.-H. et Monsieur Philippe, je mène une enquête concernant l'immeuble dans lequel habite mademoiselle M.-H.

Tu parles d'une nouvelle! Il ne nous apprenait rien. Et quelle était cette idée de parler d'une manière si affectée? Est-ce qu'il avait appris son métier dans les romans policiers bon marché? Je n'appréciais pas beaucoup qu'on m'appelle «mademoiselle» sur ce ton légèrement moqueur.

— Nous sommes au courant de vos activités, ai-je lancé triomphalement.

— Vous êtes très perspicaces, mes félicitations!

Est-ce qu'il se moquait de nous, ou quoi? Je commençais à bouillir, mais Phil m'a jeté un regard apaisant.

— Je ne vous apprendrai peut-être rien, a poursuivi P.P. avec un rien de malice dans la voix, si je vous avoue que je soupçonne un receleur...

— Un quoi?

Je me suis mordu les lèvres. Il allait me croire complètement ignorante. Phil est venu à mon secours. C'est utile d'avoir un dictionnaire ambulant comme associé!

— Un receleur, c'est une personne qui garde en sa possession des objets volés.

P.P. continuait déjà:

— Donc, je soupçonne un receleur, surnommé «*LE CHAT*», d'avoir caché des bijoux de grande valeur dans votre immeuble.

J'ai éclaté.

— Je vous défends bien de soupçonner les locataires! À part ma famille, il n'y a que les Dupont et leur bébé, la couturière et l'ancien facteur.

Le détective m'a rassurée. Il paraît que le dénommé «CHAT» a habité à notre adresse il y a plus de vingt ans. Il est mort récemment, en prison, sans dévoiler la cachette des bijoux. Ce n'est que dernièrement que P.P., employé par une compagnie d'assurances, a trouvé une nouvelle piste menant tout droit à mon immeuble. «LE CHAT» y aurait séjourné quelques semaines à l'époque, ce qui explique que personne n'ait songé à cet endroit comme cachette possible.

— Pourquoi nous racontez-vous tout ça? ai-je demandé, intriguée.

C'était à mon tour d'avoir des soupçons. Nous sommes détectives, d'accord, mais quand même!

P.P. semblait s'amuser. La chaise jaune commençait à émettre d'inquiétants craquements. Pourvu qu'elle tienne le coup! Il n'allait pas démolir notre mobilier, en plus!

— Je vous observe depuis quelques jours et je me suis dit que deux jeunes, futés comme vous l'êtes, pourraient m'être précieux dans mes recherches. Je ne tiens pas à effrayer les locataires par mes allées et venues, ni à faire trop de publicité autour des bijoux. Imaginez un peu si tout le monde se mettait à chercher le trésor!

Je fronçais les sourcils et Phil se grattait furieusement l'oreille.

— Il ne s'agit pas de faire quoi que ce soit de malhonnête! s'est empressé d'ajouter P.P. Je suis un véritable détective et non un voleur. D'ailleurs, pour vous prouver ma bonne foi, je suis prêt à mettre vos parents dans le secret — mais attention! uniquement vos parents — et à leur demander la permission d'utiliser vos services. Et je vous garantis une belle prime si les bijoux sont retrouvés.

Puisqu'il n'y aurait pas de secret pour nos parents, Phil et moi n'avions plus d'objections. Ce serait même une fameuse expérience! Phil a sauté sur l'occasion avec une rapidité qui m'a laissée bouche bée.

— On fait du troc?

Le détective a paru surpris.

— Que voulez-vous dire?

Je me suis empressée de lui montrer mon savoir tout neuf:

— Du troc, c'est un échange de services...

— Je sais ce qu'est le troc! s'est exclamé P.P. en riant, à mon grand dépit. Je reformule donc ma question: qu'attendez-vous de moi?

— Vous savez crocheter une serrure? a demandé Phil.

P.P. a haussé les sourcils.

— Aucune serrure ne saurait me résister. De quoi s'agit-il? Pas d'entrer par effraction, j'espère? Parce que je refuserais. Je ne le fais jamais, même au cours de mes enquêtes.

Nous prenait-il pour des personnes malhonnêtes? J'ai répondu, les lèvres pincées:

— Non, quelqu'un d'autre s'occupe de ce genre d'activité. Voyez donc notre fenêtre. Ce n'est pas nous qui...

Phil, voyant que je risquais d'éclater, est intervenu rapidement:

— Il s'agit d'ouvrir ce coffre sans l'abîmer.

P.P. a tourné un moment autour de la malle, l'a mesurée avec un ruban enfoui dans sa poche, a passé ses doigts grassouillets sur la serrure.

— 1885, a-t-il murmuré. Du solide, du vrai. Il a probablement appartenu à un marin anglais, fumeur de pipe et amateur de rhum blanc.

Phil m'a jeté un regard ahuri. Est-ce que le détective jouait les Sherlock Holmes? Cherchait-il à nous impressionner?

Imperturbable, P.P. continuait:

— Le coffre a ensuite échoué chez un antiquaire peu soigneux, a été vendu à une grande voyageuse, puis oublié dans un grenier. Ce n'est que vers 1930 que...

Nous avions l'impression d'être dupés. Est-ce qu'il nous prenait pour des idiots?

—Excusez-moi, Monsieur Prud'homme...! ai-je dit en me plaçant devant lui, les bras croisés.

C'est très impoli d'interrompre quelqu'un, on me l'a assez souvent répété, mais cette fois, je me sentais dans mon droit de le faire.

— C'est le contenu de la malle qui nous intéresse, et non son histoire.

Le détective, agenouillé près du coffre, a levé des yeux déçus. Puis il s'est relevé en époussetant son pantalon. J'ai entendu craquer ses articulations.

— Pardonnez-moi, je suis un passionné des meubles anciens. Et celui-ci est un beau spécimen, je peux vous l'assurer. Je comprends votre désir de l'ouvrir sans l'abîmer.

Je m'en voulais déjà un peu de ma nervosité. J'ai bafouillé quelques excuses, qu'il a balayées d'un revers de main.

— Un bon détective ne peut se permettre de négliger aucun détail. Faites-en une règle d'or. Accrochez-la au mur, si ça peut vous aider.

Il m'a paru très sympathique, tout à coup. Je lui ai fait un de mes plus beaux sourires, celui d'un million de dollars, que je réserve pour des moments spéciaux.

Phil lui a avancé la bonne chaise. Je lui ai offert un verre de limonade. Trois détectives ensemble, n'est-ce pas merveilleux? Je me sentais grandir à vue d'œil.

— Je n'ai pas mes outils, a déclaré P.P. en faisant claquer sa langue et en s'essuyant la bouche, mais je peux vous assurer que la tâche est faisable, bien que délicate.

Quelle excellente nouvelle! Nous avons confié à notre nouvel ami, en quelques phrases, l'histoire invraisemblable qui nous arrivait. P.P. s'est mordu la lèvre inférieure, tout en ébouriffant ses rares cheveux couleur d'épi de maïs.

— Je n'aime pas ça du tout, a-t-il dit. Comment se fait-il que personne n'ait jamais tenté d'ouvrir ce coffre avant la nuit dernière? D'après ce que vous m'avez raconté, ce hangar était inutilisé depuis des années. Il aurait été facile de s'y introduire à n'importe quel moment sans attirer l'attention. À moins que...

Phil sautillait sur place. Je ne l'avais jamais vu si excité! Il s'est exclamé:

— À moins que notre homme ne soit l'un des 50 ou 60 visiteurs d'hier. Il est venu beaucoup de monde, vous savez. Il a dû repérer le coffre et décider, pour une raison inconnue — très importante, sans doute —, de le forcer.

J'étais fière de mon associé. P.P. l'a félicité. Il a même proposé de veiller avec lui, au cas où l'intrus s'aviserait de revenir. Sur ses conseils, Phil est allé avertir son père. Monsieur Nguy Yen a décidé de participer, lui aussi, à l'enquête. À trois, ils réussiront certainement à ouvrir le coffre. Les chanceux! Pendant ce temps, je serai chez Paule, en pyjama, en train de papoter devant une tasse de chocolat. La vie est injuste!

Tommy est revenu bredouille de son expédition. Aucune trace de Bibi nulle part et pourtant, notre assistant connaît tous les recoins du quartier! Nous n'avons pas eu de nouvelles de Vivi non plus et ça nous paraît assez inquiétant. Je revois ses yeux tristes et je me promets de me mettre personnellement à sa recherche demain.

Vers sept heures, tante Louise est passée comme une flèche devant l'agence, portant un plateau recouvert d'une serviette. Elle a pris Aldège sous son aile protectrice! Le vieux Caramel est venu se frotter à ma jambe. Il doit se sentir délaissé depuis que son maître a une vie sociale si remplie. Je l'ai caressé longuement avant d'essayer de le ramener chez lui. Il s'est faufilé entre mes jambes et je l'ai suivi tant bien que mal. S'il fallait qu'il se perde, rien que pour punir Aldège de son indépendance nouvelle!

Je l'ai appelé: «Caramel! Caramel! ici, mon beau chat-chat!» Il court vite, pour un vieux matou. J'ai aperçu le bout de sa queue rousse alors qu'il s'engouffrait dans un des soupiraux de la cave de mon immeuble.

Oh! j'ai tout juste le temps d'attraper mon pyjama et ma brosse à dents. Paule m'attend! Il ne faudra pas que j'oublie de prévenir Aldège par téléphone, au sujet de Caramel. Son chat est en sécurité dans ma cave, probablement à la chasse aux souris, le summum du plaisir pour un gros minou habitué aux pâtées en boîte.

Mes pensées se tournent vers Phil qui veille à l'agence avec ses deux compagnons. Les trois hommes se sont installés avec une provision de café et de biscuits. J'aimerais bien être une souris en ce moment... sauf que je risquerais de me faire avaler par Caramel!

J'y pense: avec Phil, son père, P.P. et moi, Caramel ne sera pas le seul à ne pas passer la nuit dans son lit!

6

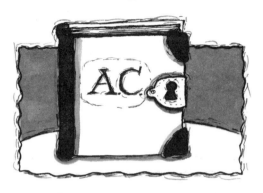

Disparitions

Paule dormait comme une souche — et elle ronflait, par-dessus le marché — quand je me suis faufilée hors de chez elle, très tôt ce matin. J'avais trop hâte de retrouver mon associé pour savoir s'il avait réussi à ouvrir le coffre, avec son père et P.P.

Je n'avais jamais eu l'occasion de voir mon quartier aux petites heures; c'est assez spécial. Les moineaux donnaient un de ces concerts! Le soleil se levait péniblement derrière une sorte de brume et il y avait beaucoup d'humidité dans l'air. Encore une journée collante! Je me sentais tellement fatiguée que je m'arrêtais tous les dix pas pour bâiller. Paule et moi avions bavardé très tard dans la nuit. J'ai appris, entre autres choses, que le Charles de Mélanie Moisan était en vacances à Pointe-au-Pic pour l'été. Pas étonnant qu'elle s'intéresse tant à Phil! Il faudra que j'ouvre l'œil, et le bon.

Je me suis précipitée à l'agence. Le hangar paraissait dormir, comme un gros chat gris appuyé à une clôture. En montant sur une poubelle, je suis parvenue à jeter un coup d'œil entre les branches qui bloquent la minuscule fenêtre située à l'arrière. Tout était sombre là-dedans et mes yeux ont eu du mal à s'habituer à l'obscurité. Moutarde! personne à l'intérieur... Les trois hommes avaient disparu en même temps que la grosse malle! Je me suis assise sur la poubelle, les jambes molles et le cœur battant. Qu'était-il arrivé à Phil, à son père, à P.P.? J'imaginais le pire. Mais j'ai vite réalisé que pas un voleur au monde ne serait capable de kidnapper à lui seul trois personnes et un coffre.

Une fois que j'ai été rassurée, ma colère en a profité pour refaire surface. Ils auraient pu me prévenir! Impossible de pénétrer dans le local: le cadenas était bien en place, ce qui confirmait que mon associé et les autres étaient partis de leur plein gré, en emportant le coffre. Mais pourquoi? Pourquoi?

J'ai décidé d'aller voir Aldège. Notre ami a l'habitude de se lever chaque matin vers cinq heures. Hier soir, au téléphone, il n'avait pas semblé inquiet de la fugue de Caramel. «Il reviendra; c'est un 'vieux de la vieille', comme moi!»

Il a haussé les sourcils en m'apercevant.

— Es-tu malade, M.-H.? Tu es bien matinale.

J'ai secoué la tête. Impossible de lui avouer la raison de mon inquiétude. Pour éviter d'y penser, je me suis mise à préparer le petit déjeuner. J'étais tellement nerveuse que j'ai fait griller assez de pain pour une armée! Aldège m'examinait avec curiosité. Il devait bien se douter que quelque chose me tourmentait. Il avait déjà mangé, mais il a repris une tartine et du café, pour me faire plaisir.

— Tu donneras le reste aux moineaux, a-t-il dit pour me consoler. Ce ne sera pas perdu.

J'ai décidé d'entreprendre un grand ménage pour me calmer avant de me mettre à la recherche de Phil. Les oreillers et l'édredon, bien secoués, se sont retrouvés sur la corde à linge en un tournemain. J'ai lavé la vaisselle et je me suis mise à épousseter le salon.

— Hum! a bougonné Aldège, embarrassé. Laisses-en un peu pour Louise, sinon elle ne sera pas contente.

Ils en sont déjà à s'appeler par leur prénom!

— *Tante* Louise?

— Elle a insisté pour passer chaque jour. C'est une femme charmante et...

Décidément, je n'étais pas la bienvenue! Tout le monde m'abandonnait, me laissait en plan. Sous prétexte de chercher Caramel, je suis sortie. Il était tout juste huit heures et je venais d'abattre une grosse journée de travail. Ouf!

Je me suis heurtée à Phil en passant devant la porte du hangar. Il portait un gros paquet enveloppé de papier brun.

— Tiens, je te croyais chez Paule! s'est-il exclamé.

J'ai explosé.

— Paule! Paule! Du placotage de filles, c'est tout ce que tu me crois capable de faire, moutarde?

Phil m'a entraînée à l'intérieur de l'agence et m'a expliqué que son père, P.P. et lui avaient décidé de transporter le coffre chez le détective pour l'ouvrir à leur aise.

— Et puis? L'avez-vous ouvert?

— Ça n'a pas été facile. La serrure...

— Laisse tomber les détails! ai-je hurlé. Le contenu? Le contenu?

— Oh! le contenu..., m'a répondu Phil en se grattant le bout de l'oreille. Il n'y avait que de vieux vêtements et ÇA.

Mon associé a ouvert le paquet et en a sorti un énorme cahier fermé par un petit cadenas doré terni. Sur le cuir taché et râpé, les initiales «A.C.» se détachaient en lettres poussiéreuses.

— C'est pour *ça* qu'un voleur a pénétré dans l'agence? Pour un paquet de guenilles et un vieux journal intime appartenant à notre proprio, Aldège Côté? Viens, on va l'ouvrir tout de suite pour en avoir le cœur net.

Phil a reculé d'un pas, l'air choqué.

— Tu n'y penses pas, M.-H.? C'est personnel, ce truc-là. Qu'est-ce que tu dirais de ça si quelqu'un lisait ton journal intime?

J'avoue que l'idée m'a fait rougir un peu... Surtout si mon journal tombait entre les mains de Mélanie Moisan... J'en raconte de belles, là-dedans! Sauf que...

— Nous sommes des détectives, ai-je répliqué d'un ton ferme. Nous avons parfaitement le droit de lire ce cahier, puisqu'il est une pièce à... une pièce à...

— Con-vic-tion, a terminé Philippe, qui trouve toujours le mot juste. Mais détectives tant que tu voudras, ça ne nous donne pas le droit de fouiller dans les affaires personnelles de notre ami.

— Bon! bon! ai-je reconnu sur un ton boudeur. On va le remettre à Aldège, puisque tu y tiens. Mais je pense qu'on perd une belle occasion de résoudre l'énigme.

Nous nous sommes rendus chez Aldège et lui avons remis le gros cahier, dans l'espoir qu'il nous dévoile enfin la clé du mystère. Il s'est montré très surpris de ce «cadeau» inattendu. Il le tournait et le retournait entre ses mains.

— Je ne me rappelle pas avoir possédé un cahier semblable.

Je trépignais d'impatience et Phil lui-même montrait des signes de nervosité: il ne cessait pas de se tripoter l'oreille.

— Vous n'allez pas l'ouvrir? ai-je supplié. Il contient peut-être des choses importantes.

Mais Aldège n'a rien voulu entendre. On a eu beau lui expliquer que quelqu'un avait cherché à s'emparer du cahier (sans lui donner trop de détails), il est demeuré inflexible.

— Donnez-moi quelque temps pour réfléchir, a-t-il dit. Je suis certain que ce cahier, malgré les initiales, ne m'appartient pas. Je me suis toujours servi de cahiers d'écolier pour noter mes poèmes et mes inventions.

Phil et moi, on s'est regardés, déçus. Notre vieil ami perdait réellement la mémoire!... Est-ce que notre enquête se terminait là? On ne peut tout de même pas forcer Aldège à nous révéler des secrets personnels.

Il faudra bien veiller sur lui en attendant que la mémoire lui revienne. La personne qui n'a pas hésité à tout bouleverser à l'agence, pour mettre la main sur le cahier, peut très bien recommencer. Aldège n'est pas en sécurité chez lui.

Pour couronner le tout, la police est passée au local. Des agents ont vu notre affiche de détectives et ont pensé que nous pourrions peut-être leur fournir des informations sur une certaine Viviane Jacques, disparue de son domicile. Phil et moi, on n'avait jamais entendu ce nom-là, et on a eu un de ces chocs en reconnaissant notre Vivi sur la photo qu'un des policiers nous tendait.

— C'est Vivi! a déclaré Phil. Je ne comprends pas...

Il s'agissait bien de la petite fille au chat. Mais, d'une certaine façon, ce n'était pas elle non plus. La Viviane de la photo avait les cheveux propres et bien coiffés; elle portait une jolie robe et souriait de toutes ses dents.

Les policiers ont eu l'air vraiment surpris de la description qu'on leur a faite de notre Vivi à nous et qui ne correspondait pas du tout à la photo. Il paraît que c'est une petite orpheline placée depuis deux mois chez des cousins éloignés.

Le plus grand des policiers a pris en note notre déposition, en nous posant toutes sortes de questions. Nous lui avons montré le dessin de Vivi et il l'a passé à son collègue après l'avoir longuement examiné.

— Est-ce qu'on peut l'emporter? Je crois que ça intéresserait beaucoup la psychologue des service social, a-t-il dit.

Les policiers ont refusé de nous donner d'autres détails. Puis ils ont demandé ce qui était arrivé à notre fenêtre. J'ai senti qu'il valait mieux leur parler de notre visiteur. Ils n'ont pas eu l'air de prendre ça à la légère. En partant, ils nous ont recommandé la prudence et nous ont promis de faire des rondes dans le coin, au cas où...

Ils nous ont même laissé une carte avec un numéro à composer en tout temps si jamais nous avions des nouvelles de Vivi. C'est comme s'ils nous mettaient sur un pied d'égalité. Collaborer avec un vrai détective et, maintenant, avec la police, wow! Ce serait parfaitement flatteur si nous n'étions pas aussi inquiets au sujet de notre pauvre première cliente. La vie de détective, ce n'est pas une sinécure (encore un mot savant de Phil; ça veut dire que ce n'est pas de tout repos).

Tommy est parti en mission de son côté, toujours à la recherche de l'invisible Bibi. Le chat pourrait bien nous mener à sa petite maîtresse. Phil a décidé de passer le quartier au peigne fin. Quant à moi, j'ai envie d'aller faire un tour à la cave et de ramener Caramel chez lui par la peau du cou.

Moutarde! j'en ai assez de toutes ces disparitions!

7

Trouvailles et retrouvailles

Hou! qu'il fait noir là-dedans! Je fris-
sonne en descendant les douze marches
branlantes. J'en connais bien le nombre,
pour les avoir comptées souvent. Quand
nous étions plus jeunes, Phil et moi
avons souvent joué à la cachette par ici.
C'est drôle, je ne me rappelle pas avoir eu
peur en ce temps-là, mais maintenant...

Est-ce qu'on devient peureux en grandissant?

Une odeur âcre me prend à la gorge et j'ai toutes les peines du monde à me retenir de tousser. Pourquoi est-ce que je m'empêcherais de tousser, au juste? Plus personne ne se risque dans la cave, à part Louis-Paul Bibeau quand il a fumé en cachette pour la première et la dernière fois de sa vie.

Il n'y a rien ici pour intéresser un voleur et la porte n'est jamais fermée à clé. Tout ce qu'il faut pour s'y aventurer, c'est un peu de bravoure et de folie, et je sens que je possède les deux aujourd'hui.

J'arrive à la dernière marche, que je saute, car elle est fêlée et elle craque sinistrement. Le sol est en terre battue, il fait un froid de canard et ça sent la souris à plein nez. Un excellent endroit pour les chats!

J'avance en tâtonnant prudemment et... je me retrouve face à face avec «LE MONSTRE». Il est là, tapi dans son coin, ses multiples bras formant des zigzags au-dessus de ma tête. Timidement, je lui caresse les flancs. Ils sont froids comme de la glace. Le monstre est mort. Depuis qu'on a installé le chauffage électrique dans tous les logements, on l'a mis au rancart et oublié là. Dommage, je l'aimais bien. Phil l'appelait «le dragon cracheur de chaleur» et on n'oubliait jamais de le saluer en passant. Quelquefois même, quand on s'aventurait ici au cœur de l'hiver, on se blottissait contre son corps brûlant en imaginant des histoires fantastiques. Salut, LE MONSTRE! Tu n'aurais pas vu passer un vieux chat roux, par hasard? Non? Allez, je te laisse à tes rêves. J'ai une mission à accomplir.

— Caramel! Caramel! viens, mon beau minou... Minou, minou, minou!...

J'aurais dû apporter ma lampe de poche. Quelle piètre détective je fais! Hé là! je bute contre quelque chose de mou. Un tas de chiffons ou un cadavre? La peur me saisit et j'ai besoin de tout mon courage pour ne pas m'enfuir. Vas-y, M.-H., c'est le temps de prouver au monde entier tes talents de détective... dénicheuse de chat fugueur.

— Minou! minou!

Je fais un bruit de succion avec ma bouche. D'habitude, ça attire les chats.

Pas de succès: seule une série de petits claquements secs et rapides répond à mes appels. Je sens la cave vivre autour de moi. Quelle étrange et terrible sensation! Mes yeux s'habituent lentement à l'obscurité. Un peu de jour terni passe par le soupirail à la moustiquaire percée.

Horreur! le tas de chiffons se soulève lentement, puis retombe. Je ne peux plus bouger d'une semelle. Est-ce ça, la paralysie? Une grosse boule froide se noue dans ma gorge. Je jurerais que mes cheveux se sont hérissés sur ma tête et qu'ils touchent le plafond aux poutres garnies de fils électriques. J'ai peur. Je me vois prisonnière de cette cave, incapable de remuer le petit doigt, la langue paralysée, elle aussi. Je ferme les yeux. Je respire un grand coup et je compte jusqu'à dix. Pour une fois, ma fille, ne te laisse pas emporter par ton imagination! Je pense à Phil et tout mon courage me revient. Mon corps se réchauffe et la boule fond dans ma gorge.

Je me penche lentement vers le tas de chiffons et... oh non! c'est Vivi! une petite Vivi toute recroquevillée sur elle-même. Elle claque des dents et je recon-

nais là le bruit d'avant. Je la rassure très vite:

— Vivi, ma belle Vivi, c'est Marie-Hélène, tu sais, la détective que tu as rencontrée. Je suis venue te secourir; n'aie pas peur. Tu es en sécurité avec moi. En sécurité.

Mais Vivi résiste à ma gentillesse. Elle serre contre elle une espèce d'étole de fourrure toute mitée. Mais... c'est Caramel! le bon vieux Caramel qui se laisse faire, les yeux fermés. Il ronronne très fort. Brave chat! Pardonne-moi, mon vieux, de t'avoir traité de fourrure mitée.

Je sors un biscuit de ma poche et le tends à Vivi qui s'en empare sans un mot.

— Viens, je te ramène chez toi, où tu seras bien.

Son cri perçant me surprend tellement que je trébuche et manque de tomber sur le dos. Je tremble comme une brassée de linge sur la corde.

— Très bien, Vivi, très bien! je ne te ramènerai pas chez toi, je te le promets. Mais viens dehors; il fait chaud, le soleil brille et je te donnerai quelque chose de bon à boire et à manger.

Caramel s'est dressé et tourne en rond sur les genoux de Vivi. Il hérisse très haut les poils de son dos. «Tu devras d'abord me passer sur le corps», semble-t-il me dire.

Je rassure Vivi de mon mieux et je cours chercher de l'aide. Le numéro des policiers! Je l'ai encore dans ma poche. Je monte l'escalier quatre à quatre et me précipite chez moi. Maman est en train de coudre paisiblement et tante Louise prépare une tarte aux pommes. Je leur tends la carte en leur criant d'appeler la police mais de ne pas s'inquiéter, de se dépêcher mais que ce n'est rien de grave, de dire que Marie-Hélène, la détective, a retrouvé Vivi et de demander qu'ils fassent vite, moutarde! Et je repars en courant vers la cave.

Vivi n'a pas bougé et Caramel non plus. La petite fille me laisse lui caresser les cheveux. Je lui chante toutes les chansons de mon répertoire en attendant l'arrivée de la police.

Les agents sont accompagnés d'une dame très gentille qui fait la conquête de Vivi en lui parlant d'une voix douce. La petite se détend et finit par se laisser emporter dans les bras de la dame, sans lâcher Caramel. Brave chat!

Maman et tante Louise, descendues à la hâte, me pressent de questions, mais je dois d'abord répondre à celles du policier qui prend des notes dans un calepin. Je lui donne mon adresse et celle de Caramel. Les voisins viennent aux nouvelles; le trottoir devant l'immeuble ressemble à une fourmilière.

Lorsqu'on l'a sortie à la lumière du jour, Vivi a fermé les yeux, éblouie. On dirait une poupée de chiffon dans les bras de la dame. Je m'approche pour l'embrasser. Mais que porte-t-elle donc au bras? C'est un bracelet doré, beaucoup trop large pour son poignet et orné d'une tête de chat aux yeux rouges comme des... moutarde!... des rubis, c'est ça! Je profite d'un moment d'inattention de la dame pour me pencher sur Vivi et lui retirer le bracelet. C'est P.P. qui va être content. Les bijoux sont peut-être cachés dans la cave!

Phil arrive juste à temps pour voir s'éloigner la voiture de police. Je lui raconte toute l'histoire et lui montre le bracelet en cachette. Après quelques explications à maman et tante Louise (sauf l'histoire du bracelet, évidemment), nous courons chez P.P. Le mystère semble sur le point de s'éclaircir.

En chemin, nous parlons de la pauvre Vivi et nous nous promettons de prendre de ses nouvelles dès demain au poste de police.

Quelle aventure! Et dire que Caramel est le véritable héros du jour. Mon Dieu! Caramel! Ils l'ont emmené au poste! J'espère qu'Aldège n'en fera pas une crise cardiaque. Ce n'est pas le moment!

8

Une semaine
mouvementée

LUNDI :

Comme c'est triste... Il paraît que la pauvre Vivi, depuis la mort de ses parents, était maltraitée par les lointains cousins qui l'avaient prise en charge. Pas étonnant qu'elle se soit vengée sur son chat! Au fait, Bibi est toujours introuvable, mais Tommy continue obstinément son enquête. Il est infatigable, celui-là!

La dame qui accompagnait les policiers s'est déplacée jusqu'à l'agence pour nous remercier et nous rassurer au sujet de Vivi. C'est en voyant son dessin qu'on a d'abord soupçonné quelque chose de louche. Il paraît qu'un enfant heureux ne dessine pas de cette façon. Phil ne s'était pas trompé en prédisant que cette affaire de chat était plus grave qu'on ne le pensait. Au service social, on s'occupe bien de Vivi et on espère lui trouver très bientôt une bonne famille où elle pourra vivre heureuse. Une enquête est en cours et il est déjà certain que notre petite cliente n'aura pas à retourner chez ses cousins. Phil et moi, on est tellement heureux que notre première enquête ait servi à sauver une petite fille!

P.P. s'est évanoui dans la nature, avec le bracelet. La pâtissière, sa propriétaire, nous a déclaré qu'elle l'avait vu partir en coup de vent avec une petite mallette. Il ne nous a même pas laissé un mot. Quelle déception! Il aurait pu au moins nous dire merci. Je me demande ce qu'il mijote.

Caramel est revenu du poste de police avec un beau ruban de sauvetage autour du cou. Il a repris ses habitudes chez Aldège qui n'en revient pas de la bravoure de son vieux compagnon. On dirait que Caramel se sent fier de sa mission. Il ne daigne plus regarder la télévision avec son maître, mais s'est installé à la fenêtre comme s'il attendait quelqu'un ou quelque chose.

MARDI :

Le pharmacien, M. Bolduc, nous a demandé d'aller feuilleter des revues dans sa boutique, vendredi soir. Il paraît qu'il est victime de vols à l'étalage depuis quelque temps. Comme il est seul dans sa pharmacie, occupé la plupart du temps à servir des clients et à exécuter des ordonnances, il n'arrive pas à mettre la main au collet de son voleur. Il est certain que les vols se produisent surtout le vendredi, journée très occupée. Notre présence passera inaperçue. Il nous a bien défendu d'interpeller le malfaiteur si on l'aperçoit. Il ne tient pas à mettre notre sécurité en péril. Nous devrons seulement avoir l'œil ouvert et lui signaler tout individu louche ou tout incident suspect. Nous avons accepté avec joie. Premièrement, c'est une nouvelle enquête pour nous et deuxièmement, nous lui devons bien ça, pour toutes les photocopies gratuites!

Tante Louise a persuadé Aldège de faire de petites marches de santé devant sa maison, cinquante pas à la fois. Elle déclare qu'il manque d'exercice et que c'est une honte pour un homme de son âge, si bien conservé (elle rougit un peu en disant ça). Aldège se laisse faire; je crois même qu'il rajeunit! Si seulement sa mémoire pouvait lui revenir... Il n'a pas encore accepté d'ouvrir le fameux cahier qui n'a pas trouvé de place dans ses souvenirs.

Notre intrus n'a pas reparu au local. Depuis que le coffre se trouve chez P.P., comme pièce à conviction, il n'y a pas beaucoup de danger. Les policiers ont tenu leur promesse et je vois souvent leur voiture dans le coin. Ils nous envoient même la main en passant.

Toujours pas de nouvelles de P.P. Notre fameux détective serait-il en réalité un ignoble bandit? Phil prétend que je divague. Je me sens réellement inquiète de sa disparition.

J'ai vu Mélanie Moisan se promener dans la ruelle, toute seule. Elle n'a pas osé venir me parler. Comme elle a l'air de s'ennuyer!

MERCREDI :

Phil et moi avons fouillé la cave de fond en comble, à la recherche des bijoux disparus. Rien! Il est possible que Vivi ait trouvé le bracelet ailleurs, mais ça me surprendrait. Impossible de lui parler, évidemment. Je ne sais même pas où elle se trouve en ce moment.

Enfin, P.P. a donné signe de vie! Il était tout simplement allé consulter les directeurs de la compagnie d'assurances qui l'emploie. Le bracelet fait bien partie des bijoux volés. Nous avons de nouveau ratissé la cave avec lui, sans succès.

Si seulement nous avions un indice, rien qu'un!

JEUDI :

Aldège nous a convoqués par téléphone, Phil et moi, ce matin. Au bout du fil, sa voix chantait presque.

— J'ai de bonnes nouvelles! a-t-il annoncé avant de raccrocher.

Tant mieux, parce que, moi, j'adore les bonnes nouvelles. Notre ami semblait très joyeux et en pleine forme. J'ai trouvé qu'il se déplaçait plus facilement sur ses jambes. Ses yeux pétillaient. Il portait un veston quadrillé, ouvert sur un gilet. Une chaîne de montre en or sortait de l'une de ses poches. Bien mieux que ça... il répandait autour de lui une discrète odeur d'épices, semblable à celle que dégage l'eau de cologne de mon grand-père. Je l'ai trouvé beau et je le lui ai dit.

Il nous a d'abord fait asseoir au salon, comme si nous étions de la grande visite, et nous a servi lui-même un verre de limonade (J'ai reconnu la touche de tante Louise; elle met toujours trop de sucre!). Après avoir bu quelques gorgées et parlé du temps humide, de Caramel et de Vivi, Aldège s'est éclairci la gorge et nous a regardés d'un air taquin.

— Vous rappelez-vous ce cahier gravé à mes initiales, que vous avez découvert dans le coffre?

Comme si nous avions pu l'oublier, après toutes les émotions des derniers jours! Je frétillais dans mon fauteuil; je me sentais des fourmis dans les jambes et même sur le bout de la langue.

— Figurez-vous que j'ai fait des recherches. C'est en fouillant dans de vieux albums de photographies que la mémoire m'est revenue.

— Je suis bien contente!

L'exclamation m'a échappé malgré moi. Aldège a ri.

— Le croiriez-vous? Louise et moi avons passé toute une soirée à feuilleter mes albums!

Il rayonnait. Phil m'a fait un clin d'œil malicieux. J'étais bien heureuse pour Aldège et tante Louise, mais tout ce qui m'intéressait à ce moment-là, c'était le fameux cahier.

— Je savais bien que ce cahier-là n'était pas le mien. Il appartenait au neveu de mon meilleur ami, dont j'ai retrouvé la photo. Le neveu en question s'appelait Arthur Cantin.

— Les mêmes initiales que les vôtres! s'est écrié Phil en se penchant un peu en avant dans son fauteuil.

— Mais oui, n'est-ce pas cocasse? a repris Aldège. Arthur Cantin a séjourné quelque temps dans le quartier, il y a environ... vingt ans. C'était un drôle de bonhomme, à l'air mystérieux, et je ne peux pas dire que je le connaissais bien. Par amitié pour son père, un ancien camarade de collège, j'ai invité Arthur à souper à deux ou trois reprises. Un jour, il est parti en voyage et m'a confié cette vieille malle, en promettant de revenir la chercher. Je ne l'ai jamais revu, et je me suis longtemps demandé quoi faire de ses biens. J'ai dû placer le coffre dans le hangar et l'oublier.

Tout s'expliquait. Mais qui pouvait donc en vouloir au journal intime de ce dénommé Arthur Cantin? Aldège a accepté de nous confier le cahier après avoir écouté nos supplications. Il ne comprenait pas bien ce que nous voulions en faire, mais il n'a posé aucune question. Comme nous sortions, il nous a rappelés:

— C'est drôle, je sens que la mémoire me revient, ces derniers temps. L'exercice, peut-être... Cet Arthur Cantin avait un surnom... attendez... Ah oui! on l'appelait «*LE CHAT*»; j'ignore pourquoi.

113

Phil et moi, on s'est exclamés en même temps:

— *LE CHAT!*

Puis on a filé sans même remercier le pauvre Aldège. Il a dû nous croire complètement timbrés.

P.P. nous a serré la main avec émotion avant de faire sauter le cadenas du cahier. Comme on le pensait, il contenait toutes les informations relatives aux bijoux volés. Nous avons passé plus d'une heure à tout déchiffrer, pour en arriver à la conclusion que le trésor se trouvait enfoui dans la terre, sous un des soupiraux de mon immeuble, celui-là même par lequel était passé Caramel.

Nous n'avons pas eu besoin de creuser très loin. Les bijoux étaient là, dans un sac moisi et tout détrempé. Arthur Cantin avait prévu les récupérer dans un court délai; c'est pourquoi il ne s'était pas donné la peine de trouver une cachette plus sérieuse. Caramel avait l'habitude de gratter la terre à cet endroit. Lors de sa dernière escapade, il a dû accrocher le bracelet avec sa patte et l'entraîner avec lui en sautant par le soupirail. À moins que Vivi ne l'ait trouvé en se faufilant par là... Nous ne saurons probablement jamais ce qui s'est réellement passé. Mais peu importe, puisque les bijoux ont été retrouvés!

VENDREDI :

P.P. est reparti avec les bijoux, en promettant de revenir nous voir bientôt.

Mélanie Moisan est passée au local. Elle rayonnait de plaisir.

— Ça y est, son Charles est enfin revenu dans le décor! ai-je soufflé à l'oreille de Phil, devenu tout rouge.

Je me trompais. La nouvelle qu'elle nous a annoncée nous a donné un de ces chocs, mais un choc heureux, pour une fois!

Elle a commencé par nous rappeler qu'elle avait toujours été fille unique; ça, on le savait; qu'elle s'ennuyait souvent; ça, on s'en doutait! Comment ça se fait que les gens prennent toujours trente-six détours pour annoncer leurs bonnes nouvelles?

— Je vais avoir une petite sœur! a-t-elle crié en tournant sur elle-même comme une toupie. Une vraie petite sœur toute à moi!

Nous l'avons félicitée de tout notre cœur, tout en lui posant mille questions. Il paraît que ses parents avaient fait une demande d'adoption il y a deux ans et qu'elle vient tout juste d'être acceptée. J'étais sincèrement contente pour Mélanie et j'ai pensé à part moi qu'elle n'aurait plus le temps de courir après Phil, avec un bébé à changer et à promener. J'ai même eu un élan de gentillesse envers mon ex-ennemie.

— Si tu veux, je vais te montrer à tricoter des petits chaussons; c'est très facile, ai-je dit, heureuse de lui montrer mon savoir-faire.

— Des petits chaussons? s'est esclaffée Mélanie. Non, ce ne sera vraiment pas nécessaire. Pas de chaussons tricotés pour ma petite sœur chérie.

— Tu veux tout acheter au magasin? a demandé Phil. Ça coûte cher, la layette d'un bébé... Je le sais, parce que ma tante vient d'en avoir un et...

Mélanie nous a ri au nez. Elle a ri, elle a ri, elle s'est presque étouffée de rire. J'avais envie de lui appliquer une bonne paire de claques... par charité, bien sûr. Elle était hystérique. Phil lui a massé le dos pendant que je cherchais un peu d'eau à lui envoyer à la figure. Pas de chance, elle a fini par se calmer. De grosses larmes roulaient sur ses joues et ses épaules sautaient toutes seules, mais à part ça, elle avait retrouvé un air normal... pour Mélanie Moisan.

— Veux-tu nous dire ce qu'il y a de si drôle? ai-je demandé, vexée.

— Prends sur toi! s'est exclamé Phil.

Il paraissait secoué, mon associé. Ses nerfs flanchaient!

Mélanie nous a regardés bien en face, un sourire aux lèvres. À mon grand regret, je la trouvais belle à ce moment-là.

— Ma nouvelle petite sœur, c'est Vivi!

— Vivi?!

— *Notre* Vivi?!

J'ai failli m'évanouir dans les bras de Phil. Pour une nouvelle, c'en était toute une!

Du coup, j'en ai oublié toutes mes rancœurs et j'ai serré Mélanie dans mes bras. Phil l'a embrassée sur les deux joues. Nous parlions tous les trois en même temps. Mélanie a passé l'après-midi avec nous et elle n'a pas cessé de nous assommer avec la description des robes qu'elle ferait porter à sa petite sœur, et blablabla, et blablabla. Pour une fois, Mélanie Moisan, je te tire mon chapeau! Tu es une chic fille et je suis certaine que notre Vivi chérie sera entre bonnes mains.

Comme si ce n'était pas assez d'une bonne nouvelle par jour, nous avons reçu la visite de P.P. en fin d'après-midi. La police a mis la main au collet d'un certain Georges-Aimé Lafortune, surnommé «*GROS MINOU*», alors qu'il tentait de s'introduire par effraction chez notre ami Aldège. Il paraît qu'il a séjourné un bout de temps dans la même cellule de prison que «*LE CHAT*» et que celui-ci lui a révélé tous ses secrets avant de mourir... sauf la cachette des bijoux. Sachant que la clé de l'énigme se trouvait dans le cahier, et le cahier, dans le coffre, «*GROS MINOU*» rôdait dans le quartier depuis des semaines, dans l'espoir de mettre sa sale patte sur le butin. Il avait compté sans LES DÉTECTIVES ASSOCIÉS!

Nous n'avons pas eu besoin d'enquêter chez le pharmacien. «*GROS*

MINOU» a avoué tout de suite être l'auteur des vols du vendredi soir.

SAMEDI :

Bibi a été retrouvé sain et sauf! C'est Vivi qui va être contente. Tommy «La Fouine» l'a récupéré chez un couple très gentil qui possède une douzaine de félins de toutes les tailles et de toutes les couleurs. Ils les collectionnent, quoi! Ils ont rendu la petite bête sans protester, heureux d'avoir pu la soigner. Tommy ne cesse plus de se vanter de ses talents de détective. Il a fallu le récompenser en le nommant détective associé. Notre agence prospère à vue d'œil!

En attendant le retour de Vivi dans le quartier, nous gardons Bibi avec nous.

DIMANCHE :

Enfin, Vivi est revenue! Elle est méconnaissable, c'est-à-dire qu'elle ressemble comme deux gouttes d'eau à sa photographie et plus du tout à la petite fille malheureuse que nous avons connue. Nous lui avons fièrement remis son beau Bibi chéri, brossé à fond et le cou enrubanné de rouge. Après l'avoir flatté et embrassé, Vivi nous l'a rendu en disant:

— Je vous le donne, pour vous remercier de votre gentillesse. Maintenant que j'ai une grande sœur, je n'aurai plus beaucoup de temps pour Bibi et il pourrait devenir jaloux. Et puis... Mélanie est allergique aux chats!

Là, nous n'avons pas pu nous empêcher de rire, et même Mélanie s'est mise de la partie. Les deux sœurs sont reparties main dans la main. Elles portaient des robes semblables, d'un beau jaune clair, des chaussettes blanches et des souliers vernis. La même boucle jaune à pois blancs retenait leurs cheveux ondulés. Et surtout, elles arboraient le même sourire plein de soleil.

Ce sourire-là, je l'ai revu un peu plus tard sur les lèvres de tante Louise et de son... fiancé, Aldège Côté. Ils font déjà des préparatifs de mariage, en disant qu'à leur âge, la moindre minute compte. Un autre dénouement heureux grâce à l'agence! Aldège devient donc mon oncle, youppi!

120

Le vieux Caramel a décidé d'adopter Bibi et de s'installer dans notre local. Ah! si les chats savaient sourire...

Philippe m'a fait remarquer qu'il y avait eu pas mal de chats dans notre histoire: Caramel, Bibi, le bracelet à tête de chat, Arthur «*LE CHAT*» et son complice «*GROS MINOU*». Et j'y pense, c'est aussi l'emblème des DÉTECTIVES ASSOCIÉS. «Chat» n'aurait pas pu mieux tomber!

ÉPILOGUE

Déjà le mois d'août, et bien entamé, à part ça! Comme dans un vrai roman policier, tout se termine bien. Mais ce qu'il y a d'épatant, c'est que nous sommes dans la vie réelle et que l'histoire continue.

Notre cher Polydor Prud'homme ne nous a pas oubliés, Phil et moi. Il est venu nous proposer, au nom de la compagnie d'assurances reconnaissante — tenez-vous bien —, un séjour de deux semaines, tous frais payés, au bord de la mer! Le plus beau dans tout ça, c'est que notre ami nous accompagnera personnellement avec sa fiancée; car il a une fiancée, ce petit cachottier!

Nous avons eu notre photo dans le journal du quartier, avec toute l'histoire des bijoux. Phil a découpé l'article pour le coller dans notre recueil de souvenirs d'enquêtes, un cadeau d'oncle Aldège. Je l'appelle comme ça, parce que lui et tante Louise se sont mariés sans plus attendre. Je n'aurais jamais pensé que l'amour fasse rajeunir à ce point! Les amoureux passeront leur lune de miel dans leur jardin, où on vient de leur livrer une énorme balancelle couverte d'un dôme rayé.

Mélanie Moisan a presque complètement perdu ses airs de pimbêche. Je l'ai aperçue hier, en train de faire des pirouettes au parc avec Vivi. Les deux sœurs portaient un jean délavé, couvert de taches de gazon et un chandail ample, orné de l'inscription «Salut, sœurette!» en lettres fluorescentes.

Caramel et Bibi partent en vadrouille tous les soirs. Je les soupçonne d'avoir formé leur propre club... de «chasseurs-de-souris-et-autres-bestioles-nuisibles».

Nous partons demain, et Phil m'a montré l'affiche qu'il vient tout juste de terminer.

C'est écrit, en toutes lettres:

FERMÉ POUR VACANCES...

Et j'ai ajouté en dessous:

BIEN MÉRITÉES!

Tables des matières

Lithographié au Canada
sur les presses de
Metrolitho inc. – Sherbrooke